Malenfer
la forêt des ténèbres

Je tiens tout particulièrement à remercier mon éditrice Florence Lottin qui a toujours été à mes côtés ; Mesdames Céline Vial et Hélène Wadowski de m'avoir accueillie aussi chaleureusement au sein des éditions Flammarion ; Je remercie enfin mes enfants Aurélien, Gabriel et Nathanaël.

Conception graphique : Studio Flammarion Jeunesse
© Flammarion pour le texte et l'illustration, 2014
87, quai Panhard-et-Levassor - 75647 Paris Cedex 13
ISBN : 978-2-0813-4432-7

· CASSANDRA O'DONNELL ·

Malenfer
la forêt des ténèbres

Tome 1

Illustrations de Jérémie Fleury

Flammarion jeunesse

Chapitre 1
La forêt de Malenfer

Gabriel fut réveillé au petit matin par une sensation de froid intense. Il alluma sa lampe de chevet, se tourna vers sa petite sœur Zoé qui dormait dans le lit jumeau en face du sien et lui lança un oreiller sur la tête.

Elle ouvrit aussitôt les yeux et posa sur lui un regard interrogateur.

— Que se passe-t-il ?

— Les dévoreurs se rapprochent. Je le sens, dit-il d'une voix angoissée.

Zoé pinça les lèvres puis son regard s'échappa vers la fenêtre et la forêt de Malenfer. Les dévoreurs, les arbres magiques qui entouraient leur maison, s'approchaient de jour en jour en mangeant tout sur leur passage : les animaux, les humains et même les insectes. Elle savait que la forêt de Malenfer finirait un jour ou l'autre par atteindre leur maison et qu'elle tenterait de les tuer eux aussi. Et ça la terrifiait.

— Je crois qu'il faudra bientôt partir, Gaby, soupira Zoé, la gorge serrée.

— Pour aller où ? demanda gravement son frère.

Gabriel avait à peine douze ans et Zoé dix. Leurs parents avaient disparu depuis près de deux mois maintenant. Deux mois qu'ils étaient partis chercher de l'aide. Deux mois que les enfants attendaient et qu'ils ne savaient pas où ils se trouvaient, ni ce qu'il leur était arrivé. Deux mois que

Zoé et Gabriel étaient seuls face à la forêt de Malenfer et qu'ils avaient peur.

— On pourrait essayer de retrouver papa et maman, suggéra-t-elle.

— Non, c'est bien trop dangereux.

— Mais Malenfer est tout près maintenant. Qu'est-ce qu'on va faire s'ils ne reviennent pas ? demanda Zoé.

— Zoé, papa et maman nous ont dit de ne révéler à personne où ils allaient. Ils vont avoir de gros ennuis si les autres apprennent qu'ils sont partis chercher l'aide du sorcier de Gazmoria.

Les habitants de la ville et ceux des villages environnants avaient essayé de combattre la progression de la forêt maléfique. Ils avaient même essayé de la faire brûler. Mais sans succès. Malenfer ne pouvait être détruite ni par les haches, ni par le feu. Et elle engloutissait tous ceux qui s'en approchaient. C'était une forêt magique. Une forêt que seul un magicien très puissant pouvait combattre. Tout le monde le savait. Mais les habitants avaient encore plus peur du sorcier de Gazmoria et de ses terribles pouvoirs que de Malenfer elle-même.

— Oui mais...

Il secoua la tête.

— Non. On a à manger ici. Il y a de la nourriture dans la réserve, les œufs des poules de maman, les légumes du jardin. Si on part sans argent comment fera-t-on ? Et puis il y a l'école. Papa et maman vont être furieux si on rate l'école.

— Je sais mais...

Il secoua la tête à nouveau.

— ... Non, Zoé. On doit faire comme si tout allait bien, comme si papa et maman étaient toujours à la maison.

Zoé baissa la tête. Elle savait très bien que son frère avait raison et qu'il était plus sage d'attendre tranquillement le retour de ses parents mais elle était inquiète. Si inquiète que ça lui donnait très mal au cœur.

— Oui Gaby, murmura-t-elle d'une petite voix en se levant de son lit.

Gabriel savait à quel point Zoé avait peur parce que lui aussi vivait avec la trouille au ventre depuis le départ de ses parents. Et l'angoisse qu'il ressentait s'accentuait même de jour en jour.

Il ne leur en voulait pas d'être partis. Il savait que son père et sa mère n'avaient pas eu le choix. Mais il commençait sérieusement à s'inquiéter pour eux. Leur voyage n'aurait pas dû leur prendre plus de quinze jours et il redoutait qu'il ne leur soit arrivé quelque chose de grave.

« Je ne suis pas assez fort, se disait-il, pas assez fort pour faire face à tout ça. Et Zoé... Elle est si petite, si fragile, que lui arrivera-t-il si jamais papa et maman ne reviennent pas ? »

— Va prendre ta douche. Je vais préparer ton petit déjeuner, dit-il.

Zoé hocha la tête et se dirigea vers la salle de bains. Gabriel descendit aussitôt les escaliers jusqu'à la cuisine. La pièce était grande mais froide, comme le reste de la grande maison de pierres blanches. Elle était toujours humide en dépit du feu qui brûlait chaque soir dans la cheminée.

Et elle lui paraissait si vide sans son père et sa mère qu'il avait fini peu à peu par la détester.

Gabriel poussa un soupir puis partit chercher un grand pot de lait dans la réserve. Il versa son contenu dans un bol et le glissa dans le four à bois. Puis il sortit une boîte emplie de gâteaux secs.

— Ça y est, je suis prête !!! À ton tour maintenant ! fit Zoé en entrant dans la cuisine.

Elle avait enfilé un jean, un pull à capuche et les petites bottines violettes que sa maman lui avait offertes pour son anniversaire trois mois plus tôt. Avec son visage d'ange, ses jolies boucles blondes et ses grands yeux bleus, elle ressemblait à une poupée.

— D'accord. Mais ne vide pas le reste du lait dans l'évier. Bois-le. Il ne faut rien gâcher.

Zoé acquiesça.

— Je sais, je sais...

Gabriel lui sourit gentiment puis il partit à son tour en direction de la salle de bains.

Un peu plus tard, il redescendait les escaliers vêtu d'un jean, d'un pull noir et d'une paire de baskets.

— Tu es prête ? demanda-t-il à sa sœur.

— Oui, mais tu n'as pas pris ton petit déjeuner, lui fit-elle remarquer.

— Je n'ai pas faim, mentit-il.

Gabriel se privait souvent de manger le matin de peur que leurs réserves ne s'épuisent trop vite. Il ne leur restait que cinq pots de lait et une dizaine de gâteaux. Et ils étaient pour Zoé.

— Bon, ben on y va alors, répondit Zoé en attrapant son sac à dos et son blouson.

Il hocha la tête, passa vite fait un coup de brosse sur ses courts cheveux bruns en se regardant dans la glace au-dessus de la cheminée puis se dirigea vers l'entrée.

— Ouais, on y va, décréta-t-il en ouvrant la porte.

Il inspira un grand coup puis regarda au loin. La forêt de Malenfer était là. À un kilomètre à peine, dominant la colline, ses arbres alignés comme des soldats sur un champ de bataille, avec leurs branches mouvantes dressées comme de gigantesques lances empoisonnées.

Secouant la tête, Gabriel poussa un soupir, prit son sac à dos puis attrapa la main de Zoé qui hésitait à sortir.

— Ne la regarde pas, chuchota-t-il à sa petite sœur tandis que le regard de Zoé s'attardait sur la forêt.

— Je sais mais je ne parviens pas à m'en empêcher, avoua-t-elle en le fixant de ses grands yeux bleus.

Il serra sa main plus fort dans la sienne.

— Ignore-la. Elle ne nous aura pas, je te le promets.

Zoé se força courageusement à sourire puis ils s'engagèrent dans le chemin qui les menait à la grande route.

Chapitre 2
La disparition

Le vent d'automne secouait la végétation et le sol gorgé d'eau dégageait une forte odeur d'humidité. Zoé remonta la fermeture Éclair de son blouson jusqu'en haut de son cou et se mit à renifler en grimaçant.

— Tu as froid ? demanda son frère.

— Non. C'est juste que je déteste cette puanteur.

La forêt de Malenfer ne dégageait pas les mêmes senteurs boisées que les autres forêts. Mais il se dégageait d'elle une terrible odeur. Une odeur qui vous prenait au nez et à la gorge. Une odeur de pourriture qui s'étendait jusqu'à la grande route.

— Bah, ne t'en fais pas, le baétron est déjà là, fit-il tandis qu'une sorte de gigantesque chariot noir posé sur de grands rails s'arrêtait devant eux.

Zoé esquissa un sourire soulagé puis grimpa prestement à l'intérieur. Gabriel la suivit et s'assit près d'elle. Tout autour d'eux, des enfants de leur âge s'amusaient et piaillaient en s'insultant gaillardement. Le bruit était atroce. Leurs voix et leurs cris retentissaient à chaque coin du chariot mais, au milieu de ce tapage et de tous ces hurlements, Zoé se sentait curieusement rassurée.

Elle regardait les champs qui s'étendaient à perte de vue. Elle tentait de voir à travers les fenêtres éclairées les mouvements des habitants dans les maisons. Elle comptait les rares chariots qui roulaient en sens inverse. Bref, elle essayait de garder les pieds sur terre et un contact avec la vie normale. Celle des gens ordinaires.

— Tu as révisé tes tables de multiplication et tes divisions ? demanda soudain Clémentine, une petite brune maigrichonne à lunettes, en passant sa tête au-dessus du siège juste en face de Zoé.

— Oui mais j'ai du mal avec les nombres à virgule, soupira cette dernière.

— Je sais, maman a passé des heures à me faire faire des exercices mais il m'arrive encore de me tromper, poursuivit Clémentine.

Zoé ressentit un pincement au cœur. Elle aurait adoré que maman l'aide à réviser elle aussi. Seulement maman n'était pas là. Maman était partie.

— C'est aujourd'hui l'évaluation ? demanda Zoé d'une voix étranglée.

— Oui. Et la maîtresse a dit qu'elle nous interrogerait jusqu'à la table de neuf à l'oral et qu'elle compterait deux points par faute. Si je me trompe, ma mère va me trucider ! grommela Clémentine d'un ton contrarié en remontant ses lunettes sur son nez.

— Clémentine, tu ne voudrais pas arrêter de parler cinq minutes ? On en a absolument rien à faire de ce que ta mère fera ou non ! gronda brusquement Gabriel en la fusillant du regard.

C'était ferme et sans réplique. Gabriel n'était pas le genre de garçon à garder ses sentiments pour lui et Clémentine lui tapait sur les nerfs à parler continuellement de sa mère.

— Décidément, t'es vraiment nul. J'espère que Malenfer te dévorera comme cet imbécile de Charles Tintinet ! répliqua Clémentine méchamment.

Gabriel fronça aussitôt les sourcils et Zoé hoqueta de surprise.

— Quoi ? Qu'est-ce que tu racontes ?

Clémentine haussa les épaules.

— Ben quoi ? T'es pas au courant ? Il a disparu.

Gabriel sentit sa gorge se serrer.

— Mais il était à l'école hier. Je le sais parce qu'il est avec moi, en classe supérieure.

L'école était séparée en deux. Les primaires d'un côté, les classes supérieures de l'autre. Mais il y avait très peu d'élèves de part et d'autre. Gabriel était en deuxième année de classe supérieure,

Zoé en dernière année de primaire. Mais les huit classes de l'école étaient toutes regroupées dans le même bâtiment.

— Peut-être mais personne ne l'a revu depuis la fin des cours. Je le sais parce que sa mère est une amie de ma mère et qu'elle était chez nous hier soir. Et que mon père est parti avec tous nos voisins pour chercher Charles.

Elle fit une petite pause, pinça les lèvres et ajouta :

— Bien sûr, ils ne l'ont pas retrouvé.

Zoé pâlit et colla instinctivement son épaule contre celle de son frère.

Il lui serra la main puis reporta de nouveau son attention sur Clémentine.

— Je ne comprends pas. Charles habite loin de Malenfer. Et elle ne s'est pas encore étendue jusqu'à l'école. Comment aurait-elle pu l'attraper ?

Clémentine remonta ses lunettes sur l'arête de son nez.

— Ah ça, personne ne sait. Mais c'est terrible, terrible, poursuivit-elle d'un air grave.

Les yeux verts de Gabriel s'assombrirent. Charles Tintinet était un petit garçon aux cheveux châtains et aux yeux bruns, calme, timide, gauche, mais terriblement gentil. Il ne faisait pas partie de ses meilleurs copains mais Charles l'avait aidé plusieurs fois à nettoyer le tableau et à ranger les chaises sous les tables. Gabriel l'aimait bien.

— Bon, vous descendez oui ou non ? hurla soudain d'une grosse voix M. Batistain, le conducteur du baétron, un énorme moustachu qui avait toujours l'air en colère, en se tournant vers eux.

Zoé et les deux autres enfants sursautèrent, puis, réalisant que le baétron s'était arrêté devant la grille de l'école et que tous en étaient déjà descendus, ils attrapèrent leurs sacs et leurs cartables et se précipitèrent vers la porte en courant.

— On est en avance, les cours ne commencent que dans dix minutes, remarqua Gabriel en jetant un coup d'œil sur sa montre tandis que Zoé, Clémentine et lui franchissaient la grande grille de fer forgé.

La ville de Wallangar était assez banale avec ses longues maisons de pierre sombres, ses toits orangés et ses commerces vieillots mais son école, contrairement au reste du bourg, ne l'était pas du tout. Non, c'était un ancien, un effrayant et gigantesque bâtiment rectangulaire dont la façade nord longeait le lac maudit de Baltasia. Un lac aux profondeurs extrêmes sur lequel nul bateau n'osait s'aventurer et dans lequel nul pêcheur n'osait pêcher.

— Gabriel !!!

Un groupe de gamins parmi lesquels Zoé reconnut Thomas et Ézéchiel, les deux meilleurs amis de Gabriel, avançait vers eux.

— Bonjour, lança Gabriel une fois qu'ils l'eurent rejoint.

— Salut. Dis donc, tu sais ce qu'il est arrivé à Charles ? demanda Thomas, un beau garçon aux yeux noirs.

— Oui, acquiesça tristement Gabriel.

— Mon père et les autres l'ont cherché toute la nuit. Papa dit que ses parents sont terriblement inquiets, soupira Ézéchiel.

Ézéchiel était châtain, rondouillard et sympathique. Il riait fort, beaucoup et tout le temps. C'était le garçon le plus jovial et le plus cool de toute la bande.

— J'en reviens pas que Malenfer l'ait eu, grommela bruyamment Thomas.

— Gabriel, tu crois que tu pourrais me raccompagner ce soir ? J'habite à seulement un arrêt de chez vous et avec toi, je me sentirais plus en sécurité, fit Sophie, une fille aux cheveux longs et ondulés, en se trémoussant de manière ridicule.

Zoé ne put s'empêcher de sourire. Avec ses épaules larges pour un enfant de son âge, ses beaux cheveux bruns et ses grands yeux verts, Gabriel était un garçon très populaire auprès des filles. Elles étaient toutes amoureuses de lui, mais son frère s'en fichait. Lui n'avait d'yeux que pour Morgane Balland, une très jolie rouquine aux yeux bleus qui était dans sa classe. Zoé trouvait qu'elle était sympa mais qu'elle avait mauvais caractère et qu'elle se battait aussi durement qu'un garçon. D'ailleurs elle soupçonnait que c'était ce qui avait plu à Gabriel. Il aimait les filles débrouillardes et drôles. Et Zoé devait bien reconnaître que si Morgane était une terreur, elle était aussi sacrément drôle.

— Non. Désolé, je ne peux pas, répondit Gabriel avant de reporter son attention sur Zoé qui était en train de s'éloigner lentement de leur petit groupe.

Zoé aimait se promener dans le parc de l'école. Même si elle sentait pertinemment que c'était un endroit qui ne ressemblait à aucun autre. La preuve, le sol n'était jamais gelé, les rosiers sauvages fleurissaient tout au long de l'année et on entendait parfois la terre gémir sous ses pieds.

Mais Zoé n'était pas effrayée. Pas même quand elle voyait l'herbe rentrer sous terre à son passage ou quand les branches dénudées des arbres se pliaient légèrement pour la saluer. Elle avait bien plus peur de ce lac maudit, ce lac sombre et malfaisant qui longeait les murs de l'école.

— Zoé ? fit Gabriel en la rattrapant.

Elle sursauta.

— Zoé...

Elle tourna la tête vers son frère.

— Oui ?

— Ne t'éloigne pas trop, il ne faut pas que tu sois encore en retard, remarqua-t-il en lui souriant.

Zoé était comme ça. Elle se baladait dans le parc et oubliait systématiquement l'heure. Mais Gaby ne se moquait jamais d'elle et il ne la grondait jamais, pas même quand elle se perdait durant des heures dans ses pensées. Il était toujours gentil quoi qu'elle puisse dire ou faire. Et il la protégeait.

— Oui.

— Tu veux que je t'accompagne jusqu'à ta classe ? demanda-t-il gentiment.

Zoé lui sourit à son tour. Gabriel était génial. Il ne jouait pas aux jeux souvent brutaux des garçons. Par contre, il adorait écouter de la musique et lire. Il s'intéressait à tout, il était très intelligent, courageux et très mature. Et, contrairement à Zoé qui subissait souvent les moqueries et les méchancetés des autres élèves, lui savait se faire aimer. Les enfants de l'école, les professeurs, le monde entier semblaient littéralement l'adorer.

Zoé n'en concevait aucune tristesse ou jalousie, elle s'y était habituée.

Elle secoua la tête.

— Non. Reste avec tes amis, moi je vais rejoindre ma classe. De toute façon la cloche ne va pas tarder à sonner.

Chapitre 3
Mme Cranechauve

Zoé longea les longs couloirs froids de l'abbaye et croisa des petits groupes d'élèves qui rejoignaient silencieusement leurs salles de classe. À l'école de Wallangar, on ne plaisantait pas avec la discipline. Les règles étaient strictes. Les bavardages dans les couloirs étaient interdits et la moindre désobéissance sévèrement sanctionnée.

— Zoé, dépêche-toi un peu, tu veux ! gronda sa maîtresse alors qu'elle s'apprêtait à refermer la porte de la classe.

Zoé n'aimait pas beaucoup Mme Cranechauve. Et ce n'était pas parce qu'elle était vieille, qu'elle avait d'étranges cheveux rouges coiffés en chignon et qu'elle toussait en permanence et de façon écœurante. Non. Zoé ne l'aimait pas parce que la vieille fille au regard sévère passait son temps à hurler sur les élèves et à les punir pour un oui ou pour un non. Tous les enfants la détestaient. Et la plupart des adultes aussi, d'ailleurs.

Avec sa canne, sa démarche brinquebalante et son méchant faciès, elle avait l'air d'une sorcière. Une de ces affreuses sorcières qui hantaient les marais de Houquelande, la terre du bas pays.

Zoé savait qu'elle n'était pas une sorcière mais elle connaissait tout de même son secret parce que Zoé avait un don. Elle possédait un pouvoir étrange. Elle était capable de percevoir des choses que la plupart des gens ne pouvaient pas percevoir. Elle ne comprenait pas comment ça se faisait mais elle savait quand ils lui mentaient ou quand ils cachaient quelque chose. Elle devinait leurs secrets et leurs peurs et il lui arrivait même parfois de pouvoir prédire l'avenir. Elle voyait quelques minutes, voire quelques jours ou quelques semaines à l'avance les événements qui allaient se produire. Elle regardait les scènes se dérouler dans sa tête avant qu'elles n'arrivent. Au début, ça lui avait fait peur et elle avait beaucoup pleuré. Mais ensuite, elle l'avait dit à Gabriel et il l'avait réconfortée en disant que c'était merveilleux d'avoir ce don et qu'elle avait beaucoup de chance de posséder un tel pouvoir. Et depuis, la peur était presque partie. Presque...

— Zoé, peux-tu me dire combien font 8 fois 7 ? demanda la maîtresse.

— 56, répondit Zoé.

Mme Cranechauve continua de l'interroger puis, voyant que la petite fille connaissait parfaitement ses tables, elle passa à une autre élève.

Soulagée, Zoé se mit alors à observer la maîtresse discrètement et à se demander ce que les autres enfants diraient s'ils connaissaient la vérité.

Sûr qu'ils seraient encore plus effrayés par leur institutrice qu'ils ne l'étaient déjà et peut-être même qu'il y aurait une vraie panique dans l'école. Après tout, les trolls avaient très mauvaise réputation. Leur force surhumaine, leur sale caractère et leur vilaine manie de manger tout et n'importe quoi ne plaidaient d'ailleurs pas en leur faveur. Et même s'ils n'étaient pas très nombreux, ils étaient généralement si imprévisibles et si agressifs que les habitants des villes où ils s'installaient les rejetaient et les forçaient à partir. Que Mme Cranechauve soit un troll ne dérangeait pas Zoé. Elle n'aimait pas ses manières ni son comportement, mais elle ne voulait pas la dénoncer et qu'elle soit chassée de la ville.

Les habitants de Wallangar détestaient les « anormaux » et tout ce qui était différent. Or, Zoé était différente à cause de son don. C'était d'ailleurs la raison pour laquelle les autres enfants se moquaient d'elle. Ils la trouvaient étrange. Et ça faisait énormément souffrir Zoé. Elle ne voulait pas que Mme Cranechauve soit renvoyée de l'école simplement parce qu'elle non plus n'était pas comme tout le monde. Ça n'aurait pas été juste.

— Eh la tarée !

Un garçon au long nez et aux cheveux gras appelé Philibert Poulain, assis juste derrière Zoé, la regardait avec un sourire méchant.

Zoé tenta de l'ignorer mais il se mit alors à lui lancer des bouts de gomme dans le dos en murmurant « tarée, tarée... » Quand elle se tourna vers lui pour lui demander d'arrêter de l'embêter, Mme Cranechauve lui hurla méchamment :

— Zoé ! Assieds-toi correctement et cesse d'ennuyer tes camarades !

Zoé ouvrit la bouche pour tenter de s'expliquer mais la maîtresse s'était déjà tournée vers une autre élève, Katie, pour l'interroger. Zoé se contenta donc de serrer les dents et de supporter en silence les ricanements de Philibert dans son dos et d'ôter tous les petits bouts de gomme qui étaient tombés dans sa capuche. Elle se consolait en se disant que de toute façon, Philibert n'allait pas tarder lui aussi à être interrogé, qu'il allait encore une fois écoper d'un gros zéro et que la maîtresse finirait comme d'habitude par lui infliger une punition pour ne pas avoir appris ses leçons.

Ce gros bêta était incapable de rien ingurgiter à part les gros mots. Il avait un regard de bovidé et son cerveau fonctionnait une fois sur deux. Zoé se demandait souvent comment il parvenait même à marcher.

— Zoé, viens, je t'ai gardé une place, fit Gabriel en voyant sa petite sœur entrer dans la cantine.

Sa matinée avait été plutôt pénible. Le maître de Gabriel, M. Popescu, avait passé deux heures à rappeler à ses élèves les consignes de sécurité concernant la forêt de Malenfer. « Ne pas y pénétrer », « ne pas la regarder », « faire attention aux graines des arbres portées par le vent », « ne pas rentrer chez soi après la tombée de la nuit », « ne pas jouer à proximité », et cetera.

Gabriel savait que toutes ces mises en garde étaient directement liées à la disparition de Charles. Et que son maître était très inquiet pour son élève. Il ne voulait pas qu'il lui arrive malheur.

Malenfer avait déjà fait bien trop de victimes...

— Qu'est-ce qu'on mange aujourd'hui ? demanda Zoé en s'asseyant près de Gabriel.

En face d'eux se tenaient les deux amis de son frère, Ézéchiel et Thomas.

— De la moelette et des patates, répondit Thomas en grimaçant.

La moelette était une sorte de petit serpent sans venin et doté d'un seul œil qu'on trouvait partout dans la région. On le cuisinait avec des tomates et des oignons. C'était un plat traditionnel mais Zoé détestait ça. Elle trouvait que ça avait un goût de caoutchouc et que c'était désagréable et trop long à mâcher.

Elle poussa un soupir.

— Ah non...

— Ben oui. Je sais. Moi aussi, je déteste ça, répondit Ézéchiel en lui faisant un clin d'œil.

Zoé aimait bien Ézéchiel. À l'exception de Gabriel, c'était pratiquement le seul garçon de l'école qui daignait lui adresser la parole et qui se montrait gentil avec elle. Elle se sentait nettement moins à l'aise avec Thomas : elle avait toujours l'impression qu'il ne tolérait sa présence que parce qu'il ne pouvait pas faire autrement.

Gabriel sourit à sa sœur.

— Tu te rattraperas sur les patates et le dessert. Il y a de la crème caramel.

Après le déjeuner, Zoé, Gabriel et ses deux amis sortirent dans le parc et allèrent s'asseoir sous un arbre, puis Thomas sortit un paquet de cartes.

— Alors on se fait une petite partie ?

— Il ne me reste que deux piécettes, soupira Ézéchiel en fouillant dans son blouson.

— Je peux jouer moi aussi ? demanda Zoé.

— Les filles ça joue pas aux cartes, déclara froidement Thomas.

— Et pourquoi pas ? releva Gabriel en fronçant les sourcils.

— Ben je sais pas, moi, c'est comme ça, répondit Thomas en haussant les épaules.

— « C'est comme ça » et puis c'est tout ? Ben c'est nul comme explication, grommela Zoé.

Gabriel allait intervenir pour défendre sa sœur lorsque Mathilde, une petite peste brune au teint blanchâtre et aux dents de lapin d'une dizaine d'années, courut soudain vers eux.

— Hé, venez voir !!! On a trouvé quelque chose du côté du lac.

— Quel genre de chose ? demanda Ézéchiel d'un ton curieux.

— Une chaussure, répondit Mathilde, les yeux luisant d'excitation.

Thomas, comme à son habitude, s'esclaffa.

— Une chaussure ? Ah ben si c'est que ça, je peux t'en ramener des chaussures. J'en ai des tonnes, mon père est cordonnier.

— Mais non espèce d'idiot, cette chaussure-là, elle appartient à Charles, rétorqua Mathilde.

Gabriel haussa les épaules.

— Les chaussures se ressemblent toutes.

— Non, pas toutes, fit-elle en secouant la tête. Celle-là, c'est une basket verte avec des bandes jaunes et des lacets rouges. Tu peux me dire qui à part Charles portait ce genre d'horreur ?

Gabriel fronça les sourcils d'un air inquiet. Il se souvenait très bien de ces baskets. Charles les avait mises le jour de sa disparition et tous les enfants de la classe s'étaient moqués en lui disant qu'elles étaient atroces et qu'il fallait que ses parents arrêtent de lui acheter des chaussures de clown.

— D'accord, on vient, déclara Gabriel en adressant un signe de tête aux trois autres.

Chapitre 4
Le lac maudit

Plus ils avançaient, plus Zoé sentait son estomac se nouer. Le lac semblait absorber la lumière et la transformer en obscurité. L'eau était entièrement noire. Opaque. Un nuage de vapeur luminescente flottait juste au-dessus des eaux sombres comme un mauvais présage. Et il émanait d'elle une étrange odeur. Un frisson de terreur descendit le long du dos de Zoé et ses genoux se mirent à s'entrechoquer au moment même où le petit groupe atteignait le grillage qui longeait le lac.

— Elle est là, par terre, tu vois ? fit Mathilde en glissant un doigt à travers le grillage pour indiquer à Gabriel la basket verte qui traînait par terre au bord de l'eau.

Le visage de Gabriel s'assombrit aussitôt.

— Zut ! Oui, c'est bien celle de Charles, dit-il la gorge serrée.

— Je te l'avais bien dit, ricana Mathilde en jetant un œil vers la dizaine d'autres élèves qui s'agglutinaient derrière le grillage comme des singes au zoo.

— On peut sauter par-dessus pour l'attraper, suggéra Thomas, une lueur d'excitation dans les yeux.

— Oui. Il faut absolument la rapporter, acquiesça Gabriel en levant le pied pour escalader le grillage.

— Non ! hurla tout à coup Zoé.

Gabriel tourna la tête et jeta un regard surpris à sa sœur.

Elle secoua la tête.

— Non, c'est trop dangereux.

Mathilde esquissa un rictus.

— Qu'est-ce qu'il lui prend à celle-là ? Elle a encore une de ses crises bizarres ?

— Non, non, c'est pas ça... balbutia Zoé en rougissant d'un air gêné.

— Zoé n'a rien de bizarre, Mathilde, alors fiche-lui la paix, gronda Gabriel d'un ton autoritaire.

Mathilde eut un sourire féroce.

— Tu parles. C'est une vraie idiote ! Ce n'est pas pour rien si tout le monde l'appelle « la tarée ».

Gabriel la fusilla aussitôt du regard puis il prit la main de sa sœur et l'éloigna du petit groupe sans même se retourner.

— Je suis désolée, murmura Zoé en luttant pour ne pas pleurer.

— Ne t'en fais pas pour ça. Tu n'y es pour rien, tenta-t-il de la rassurer.

— Mais si, regarde-les, tes amis me détestent, gémit-elle.

Gabriel secoua la tête. Non, il n'en voulait pas à Zoé de raconter des trucs étranges. Ça ne le gênait pas qu'elle soit différente. Gabriel avait du caractère. Il savait ce qu'il voulait ou ne voulait pas. Il savait dire non quand tout le monde disait oui et il se sentait suffisamment sûr de lui pour se moquer de l'opinion de ses camarades.

— Je m'en moque. Et ceux qui s'en prennent à ma petite sœur ne sont pas mes amis. Un ami c'est quelqu'un sur qui tu peux compter quoi qu'il arrive, déclara-t-il fermement.

Zoé lui jeta un regard reconnaissant tandis qu'il lui souriait d'un air encourageant.

— Alors, et si tu m'expliquais plutôt ce qu'il se passe ?

Elle se mordit les lèvres.

— C'est difficile à expliquer... Il y a... il y a quelque chose là-bas... je le sens.

Gabriel fronça les sourcils.

— Quelque chose ?

Elle inspira profondément puis murmura :

— Il y a quelque chose de terrible dans le lac, Gaby. Quelque chose d'aussi horrible que Malenfer.

Gabriel écarquilla les yeux. Zoé devait se tromper. Cette chose ne pouvait pas être pire que la forêt. Malenfer était le mal, le mal incarné.

— Tu en es sûre ?

Elle acquiesça.

— Mais pourquoi ne me l'as-tu pas dit plus tôt ?

Zoé repoussa la mèche de cheveux blonds qui lui fouettait le visage et la glissa derrière son oreille.

— Je ne sais pas. Je ne pensais pas que c'était important vu qu'il y avait le grillage et qu'on n'avait pas le droit de s'en approcher, avoua-t-elle d'une toute petite voix.

Et puis Zoé n'avait pas envie de parler de ce genre de choses. Son don lui pesait. Elle en avait assez. Assez de voir ce que les autres ne voyaient pas. Assez de ne pas être comme tout le monde. Assez de s'inquiéter. Assez d'être traitée comme un « monstre ». Elle ne voulait pas que son frère vive le même enfer qu'elle, ni qu'il supporte le poids d'un tel fardeau.

— Bon alors, on saute par-dessus le grillage ou non ? demanda Thomas en les rejoignant.

Gabriel interrogea sa sœur du regard puis fit non de la tête.

— Je crois qu'il vaut mieux avertir le directeur.
— Mais c'est idiot ! protesta Thomas.
— Non, c'est plus prudent, rectifia Gabriel.
— Prudent ? Pff... c'est à cause de ta petite sœur, c'est ça ? demanda-t-il d'un ton rageur en regardant Zoé méchamment.

Puis il donna un coup de pied dans un caillou et le lança avant de s'éloigner vers le grillage :

— Très bien, dans ce cas, c'est moi qui vais aller la chercher cette fichue chaussure !

— Thomas, ne fais pas ça, dit Zoé en courant pour le rattraper.

— Toi tais-toi, t'es qu'une froussarde ! grogna-t-il.

— Peut-être que oui et peut-être aussi que tu me trouves bizarre mais il y a quelque chose dans ce lac ! lança-t-elle en tentant de le dissuader d'avancer.

Les yeux de Thomas s'arrondirent comme des soucoupes.

— Quoi ?

— Il y a quelque chose dans ce lac, répéta-t-elle.

Il secoua la tête et la regarda comme si elle était complètement folle.

— Ouais, c'est ça.

— Je peux savoir ce que vous faites tous ici ? gronda soudain une grosse voix dans leur dos.

Tous les enfants qui se trouvaient près du grillage s'éloignèrent brusquement. M. Licantropus, le directeur de l'école, les suivit du regard puis il se tourna vers Thomas et Zoé d'un air sévère.

— Euh... on a vu une chaussure, Monsieur, répondit Thomas en claquant presque des dents.

Tous les enfants de l'école avaient peur de M. Licantropus parce qu'il lui arrivait parfois d'entrer dans de terribles colères et qu'avec sa grosse barbe, ses épaules larges et sa taille immense, il avait l'air d'un ogre. Mais Zoé n'était pas effrayée pour autant. Elle avait deviné son secret à lui aussi. Elle savait que son tempérament fort et impulsif était dû à sa nature de loup-garou. Mais qu'au fond c'était un homme bon. Et ça, même s'il se transformait en grosse bête poilue à chaque pleine lune.

— Une chaussure ? demanda le directeur en fronçant les sourcils.

— On pense qu'il s'agit de la chaussure de Charles, Monsieur, précisa Gabriel en s'approchant d'eux.

Une lueur mi-inquiète mi-dubitative s'alluma dans le regard de M. Licantropus.

— Où se trouve-t-elle ?

— Derrière le grillage, près du lac, répondit à nouveau Gabriel tandis que la sonnerie de l'école indiquait la fin de la récréation.

M. Licantropus déglutit comme s'il avait avalé un truc pas frais.

— Allez en classe, je vais m'en occuper, fit-il sèchement.

Gabriel opina du chef puis il prit la main de Zoé, fit signe à Thomas et à Ézéchiel qui se trouvaient un mètre plus loin de le suivre, et tous les quatre s'éloignèrent sans demander leur reste.

Thomas, Ézéchiel et Gabriel avaient beau être dévorés par la curiosité, quand le directeur donnait un ordre, personne n'était assez fou pour lui désobéir. A fortiori quand il faisait cette tête-là.

M. Licantropus avait beau essayer de ne pas le montrer, il avait l'air sacrément contrarié. Non seulement contrarié mais Zoé l'avait même senti étrangement effrayé. Le directeur cachait quelque chose, il en savait plus sur cette histoire qu'il ne voulait bien l'avouer, elle en aurait mis sa main à couper, mais quoi ? De quoi était-il au courant ? Qu'est-ce qui pouvait bien terrifier à ce point un loup-garou ?

Chapitre 5
Soupçons

Durant les heures qui suivirent la découverte de la chaussure, Zoé ne put se concentrer sur son travail. Trop de questions se bousculaient dans sa tête. Elle savait que son imagination n'était pas en train de lui jouer un tour : un pouvoir ancien, étrange et incroyablement dangereux émanait du lac et elle ne pouvait s'empêcher de penser que cette « présence maléfique » avait un rapport avec la disparition de Charles. Elle avait l'intuition que c'était le cas. Elle en était presque sûre. Elle le sentait au fond de ses tripes et son « don » ne la trompait jamais, mais elle se voyait mal aller voir les adultes et leur avouer ce qu'elle éprouvait. Les maîtres et les maîtresses de cette école avaient beau ne pas être comme tout le monde, ils ne la croiraient pas. Non. La seule personne à qui elle pouvait se confier était Gabriel. Mais elle n'était pas certaine de vouloir qu'il continue à se mêler de cette histoire. Elle ne voulait surtout pas prendre le risque qu'il escalade le grillage ou qu'il s'approche à nouveau de l'eau sombre. Elle voulait qu'il reste de l'autre côté du parc, en sécurité. Or elle savait parfaitement que si elle lui en parlait, Gabriel ne pourrait pas résister au besoin qu'il ressentait toujours de faire « ce qui est juste » et de découvrir la vérité.

Oui, si elle lui en parlait, il irait à la recherche de Charles sans se soucier des conséquences et chercherait par tous les moyens à découvrir ce qu'il était réellement arrivé à son camarade de classe. Et ça, Zoé ne le voulait pas. À aucun prix.

— Zoé ? Dépêche-toi un peu, on va finir par rater le baétron ! la sermonna Gabriel tandis qu'il saisissait le gros cartable de sa sœur et se mettait à courir vers la grille de l'école.

Zoé piqua aussitôt un sprint et arriva essoufflée à l'intérieur du chariot sous le regard réprobateur de M. Batistain qui grommela :

— La prochaine fois, je ne t'attendrai pas, petite !

Zoé rougit puis elle alla s'asseoir à côté de son frère et resta étrangement silencieuse durant tout le trajet. Gabriel ne dit rien : lui aussi songeait à cette drôle de journée. Il avait regardé par la fenêtre du deuxième étage le lac durant une bonne partie de l'après-midi mais ni le directeur ni aucune autre personne ne semblait être allé récupérer la chaussure de Charles. Ce que Gabriel trouvait plutôt curieux. Car quoi ? Il aurait dû y avoir du monde, un attroupement d'habitants, les autorités de la ville après une découverte pareille, sans compter les barques et les nageurs-plongeurs pour fouiller le lac... mais là, rien. Rien du tout. Le directeur et les autres enseignants avaient agi exactement comme si rien ne s'était passé.

— Je n'ai presque plus d'habits propres, dit Zoé à Gabriel en descendant du baétron, il faudra mettre quelques affaires au lave-à-main ce soir.

Le lave-à-main était une sorte de grosse bassine chauffante remplie de petits acagnans. De minuscules bestioles gluantes qui se nourrissaient de saletés en tout genre. Ils se fixaient sur le linge, absorbaient les impuretés puis, une fois leur repas terminé, ils repartaient en laissant les tissus impeccables.

Il hocha la tête.

— Oui, je m'en occuperai pendant que tu iras donner à manger aux poules et que tu éplucheras les pommes de terre.

— On fait des frites ?

Il lui sourit.

— Oui, avec des œufs au plat. En dessert, il reste de la mousse au chocolat.

Gabriel avait appris à faire la cuisine avec sa maman, Magalie. Elle estimait à juste titre qu'il était assez grand, que les garçons n'étaient pas manchots et qu'ils devaient tout comme les filles savoir cuisiner et s'occuper des tâches ménagères.

— Cool ! approuva-t-elle avec un grand sourire.

Gabriel fronça les sourcils et lui rappela doucement :

— Mais on doit d'abord prendre le goûter et faire nos devoirs.

— Oui, oui... je sais, dit-elle en jetant un œil discret en direction de la colline et de Malenfer.

Son frère intercepta son regard et secoua la tête.

— Zoé, je t'ai déjà dit de ne pas la regarder.

Elle haussa les épaules.

— Qu'est-ce que ça change ?

Il se renfrogna.

— Je ne veux pas, c'est tout.

— Tu sais, c'est pas parce qu'on refuse de regarder une chose qu'elle n'existe pas, Gaby, lui fit-elle doucement remarquer.

Il fit comme s'il n'avait rien entendu et sortit son trousseau de clés de sa poche.

Le jardin était calme. L'herbe trop haute et la clôture qui entourait la propriété un peu tordue. Mais il aimait cet endroit. Il aimait la vieille balançoire un peu rouillée qui grinçait quand on grimpait dessus, il aimait les cailloux ronds qui recouvraient la terre sur le devant de la maison, et le jardin de papa tout au fond. Avant il aimait aussi les arbres qui longeaient le grillage mais plus maintenant. Maintenant, il en avait peur. Il les craignait, tout comme cette forêt maudite.

En entrant dans la maison, il se mit à frissonner.

– Il fait froid, je vais ramener des bûches, déclara-t-il aussitôt en posant son cartable dans l'entrée.

– D'accord. En attendant, je vais te préparer des tartines, répondit Zoé en ôtant son manteau.

Gabriel et Zoé avaient appris à se débrouiller depuis le départ de leurs parents. Mais ce n'était pas facile tous les jours. Les deux enfants trouvaient le temps atrocement long et ils se languissaient de leur mère, qui travaillait dans une boutique d'herbes médicinales en tant que guérisseuse, ainsi que de leur père, Max, un professeur qui passait son temps à étudier les créatures étranges qui peuplaient ce monde, à écrire des livres très compliqués sur la magie et à voyager.

– Tu crois qu'ils vont organiser des recherches dans l'école ? demanda Zoé d'un ton préoccupé quand elle eut terminé ses devoirs.

Son frère haussa les sourcils.

– Des recherches ?

– Oui, pour retrouver Charles. On a quand même vu sa chaussure.

Gabriel contempla un instant le feu dans la cheminée puis il reposa son crayon-plume sur la grosse table de bois.

– Non, Zoé, je ne pense pas.

Elle lui jeta un regard étonné.

– Ils ne vont rien faire ?

– Le directeur a dit qu'il allait s'en charger mais je n'y crois pas du tout. T'as bien vu ? Personne n'est allé voir du côté du lac et les maîtres ont fait leurs cours comme d'habitude.

Zoé n'avait jamais révélé à Gabriel que le directeur de l'école et leurs enseignants étaient des « monstres » parce qu'elle craignait sa réaction. Gabriel avait beau être intelligent et tolérant, il ne savait pas ce que c'était que d'être différent ni de devoir cacher qui on est vraiment pour pouvoir être accepté. Il ne savait pas ce que c'était que d'être sans cesse insulté et rejeté par les autres alors qu'on n'avait jamais commis aucune mauvaise action. Elle, elle le comprenait. Elle comprenait pourquoi il était important de garder un tel secret.

— Ils attendaient peut-être la fin de l'école pour commencer à fouiller, rétorqua-t-elle en grimaçant comme si elle cherchait une explication.

— Peut-être, répondit Gabriel en réfléchissant. Maintenant qu'il y songeait, ce que venait de dire Zoé n'était pas totalement idiot. Le directeur avait très bien pu attendre que l'école soit finie avant de prévenir les autorités et les parents de Charles.

Les adultes agissaient parfois très bizarrement. Et M. Licantropus en particulier. Gabriel sentait que ce type avait quelque chose d'étrange. Une sorte de sauvagerie parfois dans le regard qu'il ne parvenait pas à s'expliquer.

— Bon. On se fait une partie de Gums avant de manger ? proposa Zoé.

Le gums était un jeu de stratégie très compliqué avec des pièces en bois représentant des rois, des centaures et des sorcières à deux dents. Leur père le leur avait ramené de l'un de ses nombreux voyages en terre d'Elfwin. Depuis, toute la famille y jouait presque chaque soir.

— Ouais mais tu ne te sers pas de ton don pour tricher et pour deviner ce que je vais faire, d'accord ? l'avertit Gabriel.

Zoé leva les yeux au ciel puis s'esclaffa.

— Voyons Gaby, tu sais très bien que mes visions ne fonctionnent pas comme ça ! C'est pas moi qui décide de ce que je vais voir ou non...

Il lui jeta un regard suspicieux puis se mit à rire à son tour.

— Si c'est vrai, dis-moi pourquoi je perds toujours ?

Elle rit de plus belle.

— Mais parce que je joue bien mieux que toi !

Chapitre 6
La prémonition

Gabriel s'éveilla de bonne heure le lendemain matin. Il avait très mal dormi. Sa nuit avait été peuplée de cauchemars. Il s'était levé presque aussi fatigué que la veille et se sentait terriblement inquiet. Lentement, il sortit de son lit en prenant grand soin de ne pas réveiller sa sœur qui dormait encore et se dirigea vers la salle à manger. La maison était glaciale. Il ralluma rapidement la cheminée, puis fit chauffer du lait pour le petit déjeuner de Zoé avant d'aller la réveiller.

Elle aussi avait mal dormi. Elle avait gigoté dans son lit presque toute la nuit. Elle avait même crié durant son sommeil. Et il lui avait semblé l'entendre prononcer plusieurs fois un mot étrange, « Elzmarh », mais il n'avait aucune idée de ce que ça signifiait.

— Zoé ?

Elle ouvrit lentement les yeux.

— C'est déjà le matin ?

Gabriel hocha la tête et Zoé poussa un profond soupir.

— J'ai l'impression de ne pas avoir dormi, fit-elle en se frottant les paupières. Je crois que je suis malade.

Son frère la dévisagea d'un air inquiet et posa aussitôt sa main sur son front.

— Tu n'as pas de fièvre, déclara-t-il, soulagé.

— T'es sûr ?

— Oui. Mais si ça peut te rassurer, je vais te préparer une tisane avec de l'argurit.

L'argurit était une grosse fleur rouge ressemblant à un coquelicot et possédant le pouvoir de faire baisser la fièvre. Elle était très difficile à cueillir parce qu'elle possédait des dents et qu'elle n'hésitait pas à s'en servir.

Sa sœur grimaça.

— Laisse tomber. Tu vas te faire mordre.

— Non. Maman nous en a laissé quelques-unes dans le bac à glace gelante et elle m'a montré comment faire au cas où l'un de nous tomberait malade, rétorqua Gabriel.

Zoé ne put s'empêcher de sourire. Leur maman était une merveilleuse guérisseuse. Elle connaissait tout des plantes et elle savait comment les utiliser pour guérir les maladies et soigner leurs petits bobos. Elle était incroyablement douce et gentille et Zoé mourait d'envie de la voir revenir à la maison pour pouvoir se jeter dans ses bras.

Elle grimaça puis s'étira en bâillant.

— Mais à quoi bon boire cette tisane si je n'ai pas de fièvre ?

Gabriel acquiesça, l'observa un instant puis demanda d'une voix douce tandis qu'elle se levait de son lit :

— Ça veut dire quoi « Elzmarh » ?

Zoé lui jeta un regard étonné.

— Els... quoi ?

— « Elzmarh », répéta Gabriel.

— Aucune idée, pourquoi ?

— Tu as prononcé ce mot plusieurs fois dans ton sommeil, expliqua-t-il.

Zoé réfléchit quelques instants puis secoua la tête.

— C'est bizarre, je ne me rappelle pas. Tu es certain que tu n'as pas rêvé ?

Il sourit.

— Oui. J'ai fait des cauchemars, c'est vrai, mais chaque fois que je me réveillais tu murmurais ce mot.

Zoé se renfrogna et prit quelques secondes pour réfléchir. Si cela avait un rapport avec son don, elle devait absolument découvrir de quoi il s'agissait. Ne fût-ce que pour être sûre qu'il ne s'agissait pas d'un signe ou d'une vision destinés à les avertir d'un quelconque danger.

— On pourrait fouiller et regarder dans les livres de papa et maman en rentrant de l'école afin de trouver ce que ça veut dire. Qu'est-ce que tu en penses ? proposa-t-elle.

Gabriel opina du chef.

— J'en pense que c'est une bonne idée.

Il savait que les rêves de Zoé n'étaient pas à prendre à la légère, que son don s'exprimait souvent durant son sommeil et qu'il devait absolument aider sa sœur à se souvenir de ce qu'elle avait vu cette nuit parce que c'était important. La peur qu'il avait lue sur son visage pendant qu'elle dormait, ses hurlements et les cernes noirs qu'elle avait ce matin sous les yeux ne lui disaient franchement rien de bon.

— En attendant, tu devrais aller prendre ton petit déjeuner pendant que je vais me doucher, ajouta Gabriel en jetant un œil sur l'étrange horloge-écureuil posée sur la table de chevet.

L'écureuil de bois enchanté fronçait les sourcils et lui jetait un regard mécontent en battant de la queue. Signe qu'ils risquaient d'être en retard.

Zoé partit donc à toute berzingue vers l'escalier et Gabriel se dirigea vers le couloir en souriant. Il aimait bien la salle de bains pour deux raisons : d'abord parce qu'avec son chauffage à bois, c'était la pièce la plus chaude de la maison et ensuite parce qu'en face de la baignoire, il y avait un grand aquarium où nageait Teddy, un garganthus cantatus que son père Max avait ramené d'une expédition sur les îles magiques des hautes mers. Teddy était un poisson tout noir doté de poumons et de cordes vocales qui le rendaient capable de chanter.

Il possédait une très belle voix d'ailleurs, une voix grave et puissante qui lui permettait d'interpréter les chansons les plus classiques comme les airs les plus rythmés.

Gabriel adorait venir l'écouter et ça, même si Teddy avait un épouvantable caractère et qu'il lui arrivait très souvent de lui cracher de l'eau au visage quand il approchait un peu trop près de l'aquarium.

— Gabriel ! Dépêche-toi un peu, moi aussi je dois me préparer ! hurla Zoé en tambourinant à la porte.

Gabriel termina aussitôt de se brosser les dents, vérifia qu'il n'avait pas de dentifrice au coin de la bouche, resserra d'un cran la ceinture de son jean puis ouvrit.

— Vas-y, fonce ! Je vais ramasser les œufs avant de partir, fit-il en se précipitant vers le couloir.

Gabriel dévala les escaliers, enfila son blouson et sortit vers le petit enclos grillagé qui se trouvait à l'arrière de la maison.

Le jour était en train de se lever. Un brouillard épais recouvrait la colline et la forêt de Malenfer.

Gabriel ne pouvait rien voir d'où il se tenait mais il avait l'impression qu'elle s'était encore rapprochée. Et ça l'angoissait. Zoé avait peut-être raison. Si leurs parents ne rentraient pas d'ici un mois, il leur faudrait quitter la maison et partir. Où ? Il n'en avait aucune idée. Zoé et lui n'avaient pas d'autre famille. Leurs grands-parents étaient morts et ils n'avaient ni oncle ni tante chez qui se réfugier. Ils étaient seuls.

— Gabriel ! Vite, il est l'heure ! entendit-il hurler Zoé du pas de la porte de la maison.

Le cœur serré, il inspira un grand coup, serra l'anse de son panier, posa une main sur les œufs pour éviter qu'ils ne s'entrechoquent et se mit à courir vers sa petite sœur.

Chapitre 7
La disparition de M. Popescu

À peine arrivés à l'école, Gabriel et Zoé foncèrent vers le lac. Ils voulaient savoir si la chaussure de Charles se trouvait toujours là et furent soulagés, en parvenant près du grillage, de constater qu'elle avait disparu.

— Tu vois, je t'avais dit que le directeur attendait la fin de l'école pour la récupérer, fit Zoé en évitant de regarder l'eau sombre.

Son frère plissa les yeux.

— Ouais, elle n'est plus là mais je ne vois ni barque ni nageur-plongeur. Regarde l'herbe. Personne n'a marché dessus.

Zoé haussa les sourcils.

— Qu'est-ce que tu veux dire ?

— Je veux dire que ce n'est pas normal. Ils auraient dû fouiller le lac ou les berges pour retrouver Charles, non ?

— Gabriel, tu ne voudrais pas arrêter un peu de te faire du souci ? C'est les adultes que ça regarde, pas nous, rétorqua Zoé d'un ton de reproche.

— Peut-être... mais n'empêche que je trouve ça bizarre, répondit son frère d'un air têtu avant de se mettre à courir pour aller rejoindre sa salle de classe.

M. Popescu, le professeur de Gabriel, était très à cheval sur la ponctualité. Il avait pris pour habitude d'envoyer ses élèves dans le bureau du directeur chaque fois qu'ils arrivaient en retard. Aussi Gabriel fut-il très étonné, en traversant le couloir désert du deuxième étage, de trouver ses camarades de classe en train d'attendre sagement devant une porte close.

— Qu'est-ce qu'il se passe ? demanda-t-il à Ézéchiel.

Celui-ci haussa les épaules.

— On sait pas. Il n'est toujours pas arrivé. Peut-être qu'il est malade.

Morgane, la ravissante petite teigne rousse aux yeux bleus dont était secrètement épris Gabriel, avança vers eux.

— Non. S'il était malade, le directeur serait venu nous avertir.

— Qu'est-ce que t'en sais ? demanda aussitôt Thomas d'un ton peu aimable.

Elle croisa les bras.

— Je le sais parce que j'ai un cerveau et que contrairement à toi, il m'arrive de m'en servir, répondit-elle sèchement.

— Peuh... tu parles, les filles, ça comprend rien, ça pleurniche sans arrêt, ça passe son temps à parler coiffure ou vêtements...

Morgane esquissa un rictus.

— Eh bien moi je préfère la chasse, le tir à l'arc et la boxe.

Thomas ricana.

— Tu te prends pour un garçon ?

Elle haussa les sourcils.

— Non. Pourquoi ?

Gabriel se mordit les lèvres pour ne pas rire. Morgane n'avait effectivement rien d'un garçon. Avec sa jolie petite jupe bleu marine, son tee-shirt à fleurs et ses ballerines, elle était même rudement craquante.

— Bon alors qu'est-ce qu'on fait ? demanda Ézéchiel qui s'impatientait.

Gabriel réfléchit quelques secondes.

— Je crois qu'on devrait prévenir M. Licantropus, suggéra-t-il.

— Inutile, fit soudain une grosse voix dans son dos.

Le directeur, M. Licantropus, avait les traits tirés et une expression lasse comme s'il était très fatigué ou qu'il n'avait pas dormi de la nuit. Sa main et son avant-bras étaient recouverts d'un épais bandage et Gabriel devina à la manière dont il tordait sa bouche en parlant qu'il souffrait et qu'il s'était gravement blessé.

— Monsieur Popescu, votre maître, est souffrant. Vous resterez donc aujourd'hui sous la surveillance de Mme Calmuche à la bibliothèque.

Mme Calmuche était la bibliothécaire de l'école. Elle était replète, sympathique et gentille mais elle ne parlait pas beaucoup et gardait toujours la tête plongée dans les bouquins.

Gabriel poussa un soupir, saisit son sac à dos puis il suivit, comme le reste de sa classe, le directeur dans le couloir.

— Dis donc, t'as vu ? Il boite, murmura Ézéchiel en fixant les jambes de M. Licantropus.

Gabriel fronça les sourcils puis l'observa à son tour.

— Ouais, on dirait bien.

— Je me demande ce qu'il lui est arrivé, poursuivit Ézéchiel.

— T'es pas le seul, répondit Gabriel. Vous ne trouvez pas ça bizarre vous que M. Popescu se soit absenté ? Ou que le directeur soit blessé ? Et tout ça presque au même moment ?

— Tu crois qu'ils étaient ensemble et qu'ils ont eu un accident ? demanda Morgane en se rapprochant.

— Ou qu'ils se sont battus ? fit Thomas avec une lueur d'excitation dans les yeux.

Ézéchiel s'esclaffa doucement.

— Si c'est ça, M. Popescu a dû se faire salement rétamer. Le directeur est beaucoup plus grand et plus costaud que lui.

Gabriel afficha une moue dubitative.

— Je vois mal M. Licantropus faire une chose pareille.

— Gabriel a raison, le directeur ne frapperait jamais un professeur, remarqua Morgane tandis qu'ils entraient dans la bibliothèque.

La bibliothèque de l'école se trouvait dans une grande salle en pierre. Elle sentait le vieux cuir et la poussière et ses murs étaient presque entièrement recouverts d'étagères abritant des centaines de livres. La première fois que Gabriel y avait pénétré, il avait eu l'impression d'être dans un musée.

— Asseyez-vous en silence, gronda le directeur.

Morgane, Gabriel, Thomas et Ézéchiel s'installèrent à une table au fond de la salle sans quitter M. Licantropus des yeux.

— Prenez vos livres d'histoire et lisez la page 47. Un questionnaire vous sera distribué dans une demi-heure par Mme Calmuche.

Thomas poussa un soupir et murmura :

— Bon sang ! Je sens qu'on va pas rigoler...

Le directeur le fixa soudain sévèrement comme s'il l'avait entendu.

— Vous n'êtes pas là pour « rigoler » mais pour travailler, Thomas, le réprimanda-t-il.

Gabriel, Ézéchiel et Morgane échangèrent un regard surpris. Comment M. Licantropus avait-il fait pour entendre Thomas chuchoter à l'autre bout de la salle ? C'était tout bonnement impossible.

Thomas déglutit et baissa la tête en rougissant.

— Bien, je compte sur vous pour lire en silence. Je préfère vous prévenir, Mme Calmuche enverra tous les fauteurs de troubles dans mon bureau alors je vous conseille de vous tenir à carreau, poursuivit le directeur d'un ton sévère tandis que la porte de la bibliothèque s'ouvrait brusquement.

— Monsieur ! Venez vite !

Mme Laurence, l'infirmière de l'école, une grande femme brune et maigre dotée d'un nez pointu et de gros yeux noirs globuleux, affichait une expression paniquée. Elle se tordait les mains et paraissait essoufflée comme si elle avait couru et qu'elle avait du mal à respirer.

M. Licantropus fronça les sourcils d'un air mécontent en la dévisageant puis il l'attrapa par le bras et l'entraîna hors de la bibliothèque aussi vite que sa claudication le permettait.

— Wouah ! Vous avez vu ça ? s'exclama Ézéchiel en roulant des yeux.

Morgane acquiesça.

— Oui. Il se passe quelque chose de super-grave, si vous voulez mon avis.

Gabriel hésita puis finalement se leva discrètement de sa chaise.

— Qu'est-ce que tu fais ? dit Morgane d'une voix étonnée.

— Je vais le suivre, répondit-il en lui indiquant la porte qui se trouvait tout au fond de la bibliothèque.

— T'es fou ! Si tu te fais prendre, tu vas avoir de gros ennuis ! lança-t-elle d'un ton angoissé.

Gabriel haussa les épaules et s'éloigna vers la porte sans répondre. Il avait parfaitement conscience qu'il risquait de se faire punir mais il s'en moquait. Il se passait trop de choses étranges dans l'école ces derniers jours. La disparition de Charles, la maladie subite de M. Popescu, la blessure du directeur... sans compter ce que lui avait raconté Zoé au sujet du lac sombre. Gabriel voulait comprendre. Il ne savait pas ce qui le poussait à agir de cette façon mais c'était plus fort que lui. Il avait un sale pressentiment et une petite voix dans sa tête lui chuchotait que quelque chose de grave était en train de se passer, qu'un terrible danger rôdait dans l'école.

Chapitre 8
Un monstre dans l'école

Gabriel se glissa dans le couloir et pressa le pas pour rattraper le directeur et l'infirmière qui descendaient rapidement les escaliers. Quand il atteignit le palier, il put entendre une partie de leur conversation. Leurs voix résonnaient entre les vieux murs comme s'ils étaient dans un aquarium vide.

— Comment va l'enfant ? demanda le directeur d'un air inquiet.

— Il est sauvé, il est à l'infirmerie avec Mme Elfie. Il devrait bientôt être sur pied.

— Parfait. Je suis soulagé.

— Monsieur le directeur, vous ne croyez pas qu'on devrait en parler aux parents ? suggéra Mme Laurence.

— Pas question, gronda M. Licantropus.

— Mais enfin, on ne peut pas cacher une chose pareille, vous imaginez ?

— Pourquoi ? Vous croyez que les « normaux » ont la moindre chance de vaincre ce monstre ?

« Un monstre ? Quel monstre ? Il y a un monstre dans l'école ? » se demanda soudain Gabriel le cœur battant.

— Non, non, bien sûr que non.

— Les humains vont se faire dévorer s'ils s'en prennent à lui et vous le savez, dit le directeur.

— Oui mais...

— Mais quoi ?

— Mais que se passera-t-il si nous échouons ? demanda Mme Laurence.

— Alors nous devrons dire la vérité aux habitants de cette ville non seulement au sujet du monstre mais aussi du reste, répondit-il d'un ton ferme.

— Ne me dites pas que vous voulez leur révéler que vous êtes un loup-garou, que je suis une sorcière de Guizmari, M. Popescu un walligow... Mme Cranechauve un troll ou...

Gabriel se figea. Le directeur, l'infirmière et les autres étaient des créatures magiques ? En tout cas, ça expliquerait pas mal de choses étranges. À commencer par les remèdes bizarres que l'infirmière appliquait sur leurs coupures et qui les refermaient immédiatement.

M. Licantropus la rassura.

— Non, non, bien sûr que non. Je parlais simplement des disparitions.

Elle poussa un soupir de soulagement.

— Tant mieux. J'aime beaucoup cette ville. Je ne tiens pas à déménager. Ni à voir à nouveau se dérouler un drame comme celui d'Edernangar, ajouta-t-elle.

Edernangar ? Gabriel avait déjà entendu ce nom quelque part mais il ne parvenait pas à s'en rappeler.

— C'est pourquoi il va nous falloir régler discrètement le problème. Les vacances scolaires commencent demain soir, les élèves quitteront l'école pendant deux semaines, ça nous laissera le temps suffisant pour nous débarrasser de lui...

Gabriel entendit la porte s'ouvrir. Il descendait rapidement les marches jusqu'au rez-de-chaussée lorsqu'il sentit une main ferme agripper son épaule.

— Hé, toi ! Qu'est-ce que tu fais ici ? hurla soudain M. Plexus, le gardien de l'école.

M. Plexus n'était ni gentil ni particulièrement commode, bien au contraire. C'était un vieux bonhomme petit et trapu avec des bras énormes, des yeux méchants et un caractère des plus acariâtres.

Il se baladait avec un seau et un balai qu'il ne quittait pratiquement jamais.

— Je ne me sens pas très bien, je cherche Mme Laurence, mentit aussitôt Gabriel.

— L'infirmerie est au premier étage et tu n'as pas à traîner dans les couloirs ! Je vais t'emmener tout de suite dans le bureau du directeur et tu vas le sentir passer mon garçon ! continua à le réprimander M. Plexus.

— Désolé mais... mais je crois que je vais vomir ! fit Gabriel en ouvrant la bouche et en penchant théâtralement la tête au-dessus du carrelage.

— Vomir ? Ici ? Sur mon carrelage tout propre ? Ah non, pas question !!! gronda de nouveau

M. Plexus en lui faisant remonter les premières marches des escaliers tout en le soulevant à moitié. Bon, ça suffit ! Va à l'infirmerie ! Et je te préviens, tu n'as pas intérêt à être malade dans mon couloir ou je vais te botter les fesses, moi, non mais !!!

Puis le vieux bougon le relâcha d'un air dégoûté et Gabriel prit ses jambes à son cou, à la fois soulagé de s'en tirer à si bon compte et déçu et mécontent de ne pas avoir pu espionner le directeur et l'infirmière plus longtemps : il aurait peut-être pu répondre à toutes les questions qui se bousculaient à présent dans sa tête.

M. Licantropus et Mme Laurence étaient-ils des créatures magiques ? Est-ce qu'il y avait vraiment un monstre dans l'école ? Pourquoi voulaient-ils le cacher aux parents ? Est-ce que ça avait un lien avec la disparition de Charles ?

Tout en réfléchissant, il remonta les escaliers en courant jusqu'au deuxième étage et se glissa par la petite porte de la bibliothèque aussi discrètement qu'il en était sorti.

— Alors ? Qu'est-ce que tu as découvert ? Le directeur t'a vu ? Tu t'es fait choper ? demanda aussitôt Thomas en le voyant s'asseoir sans faire de bruit à leur table.

Gabriel leur raconta aussitôt ce qu'il avait entendu en chuchotant, et à la fin de son récit, Thomas ouvrait grand la bouche, Ézéchiel se tortillait mal à l'aise sur sa chaise et Morgane arborait un air soucieux.

— Mais… alors le directeur et Mme Laurence sont des monstres ? bafouilla Ézéchiel.

— Pas des monstres, des créatures magiques, rectifia Gabriel.

— Oui mais c'est pareil, déglutit Thomas.

— Bien sûr que non ce n'est pas pareil, fit Morgane, excédée.

Puis elle se tourna vers Gabriel.

— Ils ont bien parlé d'un monstre, d'un vrai, c'est sûr ?

— Oui, repondit Gabriel.

— Mais si c'est vrai et qu'il y a un monstre dans l'école, pourquoi est-ce qu'ils ne disent rien ? demanda Ézéchiel d'un ton outré.

Morgane soupira.

— Tu n'as pas entendu ce qu'a dit Gabriel ? Il a dit que M. Licantropus croit que les « normaux » comme nous ne peuvent pas le vaincre…

— Qu'est-ce qu'il en sait ? demanda Thomas.

Morgane haussa les sourcils.

— Tu crois qu'un loup-garou ne sait pas ce genre de choses ?

— D'accord, d'accord, mais je vois vraiment pas pourquoi ils ne disent pas tout simplement qui ils sont, fit Ézéchiel.

Morgane soupira.

— Moi je les comprends. Avec ce qu'il s'est passé à Edernangar...

— Qu'est-ce qu'il s'est passé à Edernangar ? demanda Thomas.

— Les habitants de la ville d'Edernangar ont découvert qu'il y avait des créatures magiques dans leur ville, alors après, dès qu'il se passait quelque chose de mal comme un accident, une épidémie ou un incendie, ils disaient que c'était de leur faute... expliqua Morgane.

Ezéchiel fronça les sourcils.

— Pourquoi ?

Morgane parut songer à la question un instant puis répondit :

— Je crois que c'est parce qu'il leur fallait un coupable, quelqu'un sur qui ils pouvaient déverser leur colère... peut-être aussi qu'ils avaient peur parce que les créatures n'étaient pas comme eux.

— Et que s'est-il passé ? demanda Ézéchiel.

Morgane déglutit et répondit tristement :

— Une nuit, les humains sont allés dans leurs maisons et les ont toutes tuées.

Les yeux d'Ézéchiel s'arrondirent comme des soucoupes tandis que Gabriel se rappelait soudain toutes les histoires que son père lui avait racontées à ce sujet.

— Tu veux dire qu'ils ont tué des gens innocents parce qu'ils étaient différents ?

Morgane hocha tristement la tête.

— Et leurs familles et leurs enfants... tous ceux qui possédaient des pouvoirs magiques, oui.

Ézéchiel eut une expression horrifiée.

— Mais c'est horrible !

Thomas grimaça.

— Pas tant que ça. Mon père dit toujours qu'il faut se méfier des créatures magiques, qu'elles sont toutes sournoises et méchantes et qu'on ne doit pas les laisser approcher de cette ville.

Morgane lui jeta aussitôt un regard noir.

— Eh bien ton père est un idiot !

Thomas se leva à moitié de sa chaise, le visage rouge de colère.

– Répète un peu ça pour voir !

– Ça suffit. Morgane a raison. Mon père a étudié bon nombre de créatures magiques et la plupart d'entre elles sont gentilles et inoffensives, fit Gabriel d'un ton sévère.

Thomas grimaça puis se rassit.

– D'accord, mais les autres ?

Morgane leva les yeux au ciel.

– Thomas, tu crois vraiment que le directeur ou que Mme Laurence sont réellement dangereux ?

Thomas réfléchit. Le directeur lui avait toujours fait un peu peur mais il aimait beaucoup Mme Laurence. Elle était douce, gentille et elle faisait semblant de le croire quand il prétendait être malade les jours d'interrogation.

Il secoua la tête.

– Non.

– Bon alors c'est réglé. On ne doit rien dire de ce qu'on a découvert sur eux, jamais. Sinon, les habitants feront du mal à M. Licantropus et à tous les autres.

Tout le monde hocha la tête.

— ... Mais pour cette histoire de monstre, qu'est-ce qu'on fait ? demanda Ezéchiel.

— Le directeur a dit qu'il allait s'en charger, répondit Gabriel.

Ézéchiel fronça les sourcils tout en réfléchissant.

— Et s'il n'y arrive pas ?

Gabriel déglutit.

— S'il n'y arrive pas, il sera toujours temps d'avertir nos parents.

— Et comment on saura que le problème est réglé ? s'inquiéta Thomas.

Gabriel haussa les épaules.

— Ben, on va espionner le directeur et trouver où se cache ce monstre, qu'est-ce que tu crois ?

Chapitre 9

La noyade

Zoé se sentait mal. Elle avait une boule d'angoisse dans le ventre et des visions atroces qui lui donnaient envie de hurler de frayeur. Serrant les dents, elle tenta une nouvelle fois d'écrire sur son cahier les mots que Mme Cranechauve, sa maîtresse, lui dictait, mais sans y parvenir. L'image de M. Popescu, le maître de Gabriel, se noyant dans le lac sombre ne quittait pas son esprit. Elle avait l'impression d'assister à la scène. De voir le gentil et doux M. Popescu se débattre dans l'eau. D'éprouver la terreur qu'il ressentait.

— Zoé ! cria soudain Mme Cranechauve en lui jetant un regard furieux. Je peux savoir pourquoi tu n'écris pas ?

Elle leva la tête et regarda sa maîtresse, les larmes aux yeux.

— Je ne me sens pas très bien, Madame.

Mme Cranechauve fronça les sourcils.

— Comment ça, tu ne te sens pas bien ?

Des larmes coulèrent sur les joues de Zoé et elle secoua la tête.

Mme Cranechauve la dévisagea puis soupira.

— Très bien, va à l'infirmerie. Mais ne te fais pas d'illusions, je te ferai faire ton évaluation dès que tu iras mieux.

Zoé hocha docilement la tête. Mais au fond d'elle, elle se moquait bien de son évaluation. Les images qu'elle voyait dans sa tête étaient épouvantables. Elle avait besoin de comprendre. Est-ce que M. Popescu s'était noyé ? Était-il *en train* de se noyer ? Devait-elle donner l'alerte ou en parler à quelqu'un ? Elle devait en avoir le cœur net.

Alors, une fois qu'elle eut quitté la classe, elle ne se dirigea pas, comme le croyait sa maîtresse, vers l'infirmerie mais vers la salle de M. Popescu. Elle colla sa tête contre la porte mais, curieusement, elle n'entendit aucun bruit.

Prenant son courage à deux mains, elle tenta d'ouvrir la porte, sans succès. Elle était fermée à clé. M. Popescu n'était pas avec ses élèves et ils semblaient tous avoir disparu.

« Mon Dieu, songea-t-elle, faites qu'il ne soit pas trop tard... »

Le cœur prêt à exploser, elle dévala alors les escaliers, sortit de l'école et partit en courant vers le lac. Le parc était désert. Surmontant sa peur, elle agrippa ses mains au grillage et fixa la surface de l'eau.

Zoé déglutit.

La « chose » était là. Elle sentait sa présence maléfique et terrifiante. M. Popescu était un walligow. Un « volant » venu des terres lointaines de Limandha. Il dissimulait ses immenses ailes dans le grand tatouage magique qui lui couvrait le dos. Il n'était pas fait pour nager mais pour voler. Si le monstre l'avait entraîné au fond des eaux alors c'en était fini de lui.

— Zoé ! Je peux savoir ce que tu fais ici ?

Le directeur, M. Licantropus, et l'infirmière, Mme Laurence, semblaient avoir surgi de nulle part. Ils la fixaient tous deux sévèrement.

— Je... je... c'est à cause de M. Popescu... je crois... enfin... balbutia aussitôt Zoé.

Le directeur haussa les sourcils.

— M. Popescu ?

— Oui... je... j'ai fait un rêve où je l'ai vu se noyer...

— Un rêve ?

Mme Laurence échangea un regard avec le directeur.

— Voilà qui est curieux, dit l'infirmière.

Zoé se mordit les lèvres.

— Oui je sais... je sais ce que vous pensez mais je dis la vérité, croyez-moi, s'il vous plaît.

Le directeur avança lentement vers elle et Zoé remarqua qu'il boitait.

— Zoé, M. Popescu va bien, je te l'assure.

— Mais je l'ai vu... je vous dis que je l'ai vu !!!

— Calme-toi, Zoé, M. Popescu a failli se noyer hier soir, c'est vrai, mais il va bientôt se rétablir, expliqua doucement M. Licantropus.

Zoé sonda son esprit et poussa un soupir de soulagement. Le directeur disait la vérité.

— Alors il lui a échappé ?

Le directeur fronça de nouveau les sourcils d'un air inquiet.

— À qui M. Popescu a-t-il échappé, Zoé ? De qui ou de quoi parles-tu ?

Elle haussa les épaules.

— Je parle du lac. Du lac maudit, fit-elle en pointant l'eau du doigt.

Mme Laurence poussa une exclamation étouffée et le directeur prit un air contrarié.

— Je crois que ton imagination te joue des tours, Zoé, fit le directeur.

Zoé planta son regard dans le sien.

— Non, je sais que c'est vrai.

Le directeur soupira.

— Mme Laurence va t'emmener à l'infirmerie, tu as besoin de te reposer, dit-il en se tournant vers l'infirmière.

Zoé secoua la tête.

— Mais non, je vous assure que...
— Zoé ça suffit ! gronda sévèrement M. Licantropus.

Zoé ouvrit la bouche puis la ferma aussitôt. De toute façon, elle avait la certitude que le directeur et l'infirmière mentaient et qu'ils savaient parfaitement qu'elle disait la vérité au sujet du lac sombre. Ils n'avaient pas envie de l'admettre devant elle, c'était tout.

— D'accord mais n'empêche que c'est vrai, ne put-elle se retenir de murmurer tandis que l'infirmière l'entraînait déjà vers l'école.

Elle était en colère. Pourquoi le directeur refusait-il d'admettre qu'il y avait quelque chose au fond du lac ? Après tout, elle était comme lui, elle possédait une sorte de don magique. Et le directeur ne pouvait pas l'ignorer. Alors pourquoi la traitait-il de menteuse ? Pourquoi agissait-il comme si elle avait inventé toute cette histoire ?

Chapitre 10
L'infirmerie

L'infirmerie de l'école était une grande pièce blanche du sol au plafond. Elle possédait six lits et sentait le désinfectant. Zoé s'assit doucement sur le bord du premier, celui qui était près de la porte, puis tourna son regard vers un garçon appelé Antoine Schwartz qui était allongé dans le lit près du sien. Sa tête dépassait à peine des draps mais elle pouvait voir à son teint pâle et à sa façon de se recroqueviller qu'il n'était pas en grande forme.

— Salut, fit-elle.

Antoine éternua puis répondit :

— Salut.

Mme Laurence discutait avec la surveillante, Mme Elfie, une jolie femme blonde et gracieuse, dans le fond de la pièce. Elles chuchotaient, si bien que Zoé ne parvenait pas, même en tendant l'oreille, à entendre ce qu'elles se disaient.

— Que t'est-il arrivé ? T'es malade ? demanda Zoé en tournant la tête vers Antoine.

— Je suis tombé dans le lac.

Zoé écarquilla les yeux.

— Hein ?

— Oui. Avec Maxime Calliwell on a fait le pari que je serais pas cap de sauter au-dessus du grillage, alors je l'ai escaladé et puis après ben je me suis retrouvé dans l'eau. S'il n'y avait pas eu Mme Elfie pour venir me chercher, je me serais sûrement noyé.

Zoé fronça les sourcils.

— Mais comment ça « t'es tombé » ? T'as glissé ?

Antoine grimaça.

— Ben... je sais pas trop au juste... Mme Elfie dit qu'elle m'a vu me prendre les pieds dans des racines mais...

— ... Mais quoi ?

— Mais j'ai eu une drôle d'impression... comme si quelqu'un attrapait mes pieds et m'attirait dans l'eau. C'est idiot, hein ?

Zoé se renfrogna. Non, ce n'était pas idiot. Elle se disait même que c'était d'ailleurs probablement ce qu'il s'était passé.

Elle se força à sourire.

— « Idiot » je ne sais pas mais tu as dû avoir drôlement la trouille.

Il acquiesça.

— Et pas qu'un peu...

Habituellement, Antoine Schwartz faisait partie des garçons qui jouaient les « durs ». C'était une petite brute qui se trimballait toujours avec une bande de copains, parlait beaucoup et s'amusait à tyranniser et à frapper les primaires. Il agissait toujours comme s'il avait quelque chose à prouver. Comme s'il voulait être admiré. Mais en réalité, c'était un lâche tout juste bon à agresser les plus jeunes que lui. Du moins c'était l'idée que Zoé se faisait jusqu'à présent de cet imbécile. Aussi était-elle très étonnée de l'entendre admettre qu'il avait eu peur. Parce que ce genre d'aveu nécessitait d'avoir du cran. Bien plus de cran que des larves comme lui n'en possédaient généralement.

— Je suis contente que tu t'en sois sorti, fit-elle gentiment.

Il lui sourit.

— Moi aussi. Et puis le truc cool, c'est qu'il y avait interro de maths aujourd'hui et que je l'ai manquée... Ça m'évitera d'avoir une mauvaise note et d'entendre mon père râler et répéter que je suis nul...

Zoé haussa les épaules.

— T'es pas nul, tu ne travailles pas assez, c'est tout...

— Ouais tu parles... en même temps je m'en fiche, je veux être boulanger comme mon père et mon frère. J'ai pas besoin d'être bon en maths.

Zoé esquissa un sourire amusé.

— Et comment tu feras quand il faudra rendre la monnaie du pain aux clients ou pour déclarer tes taxes ?

Ici, à Wallangar, on payait une taxe suivant les ventes qu'on réalisait. L'argent tombait dans l'escarcelle de la communauté et le surplus était redistribué aux habitants de la ville. Si on ne payait pas, on était tout bonnement chassé.

Il lui fit un clin d'œil.

— Je demanderai à ma mère.

Zoé tenta de ne pas rire mais sans y parvenir. Un petit gloussement sortit brusquement de sa gorge et Mme Laurence et Mme Elfie se tournèrent aussitôt vers elle.

— Zoé, tu veux bien te taire ? Tu ne vois pas que ton camarade essaie de se reposer ? lança d'un ton de reproche l'infirmière en s'approchant du lit.

Zoé se mordit les lèvres et tenta de reprendre son sérieux.

— Oui, madame Laurence.

— Bien, je vais regarder si tu as de la fièvre, dit l'infirmière en s'apprêtant à lui glisser un thermomètre dans la bouche.

Zoé grimaça. Elle savait parfaitement qu'elle allait très bien et que toute cette histoire de fièvre ou de maladie n'était qu'une simple excuse pour l'éloigner du lac et se débarrasser d'elle mais elle ouvrit docilement les lèvres. Après tout, elle avait dit ce qu'elle avait à dire et elle ne tenait pas à mécontenter Mme Laurence ou à provoquer davantage la colère du directeur. Du moins, pas sans bonnes raisons.

Chapitre 11
La réunion secrète

Une heure plus tard, Zoé était de retour en cours. Mme Cranechauve ne lui demanda pas si elle se sentait mieux ni même ce qu'il lui était arrivé. Elle se contenta de lui tendre un polycopié et de dire à Zoé qu'elle avait une demi-heure pour répondre aux questions qui se trouvaient sur la feuille et que l'évaluation serait sévèrement notée.

Zoé soupira puis se mit immédiatement au travail et vers midi, elle rendit son devoir et sortit de la classe, en même temps que tous les autres.

Elle avait trouvé l'interro plutôt facile...

— Alors ? Comment s'est passé ton contrôle ? demanda Gabriel en la rejoignant dans le couloir.

Elle haussa les épaules.

– Pas mal... c'est quoi le menu de la cantine ? J'ai pas eu le temps de regarder...

– On s'en moque. J'ai plein de trucs à te raconter, murmura Gabriel en lui attrapant la main.

Zoé fronça les sourcils.

– Des trucs ?

– Oui mais viens, on va rejoindre les autres dans le parc.

– Les autres ? Quels autres ? demanda-t-elle tandis que Gabriel l'entraînait en courant vers les escaliers.

– Ben, Ézéchiel, Thomas et Morgane.

Zoé grimaça et tourna la tête vers son frère.

– Doucement Gabriel, tu vas me faire tomber !

Il ralentit aussitôt.

– Désolé...

– C'est rien. Mais j'ai des petites jambes, moi, tu te souviens ?

Gabriel se mordit les lèvres, un peu honteux. Il avait parfois tendance à oublier que Zoé n'avait que dix ans parce qu'elle se comportait souvent avec la maturité d'une fille de douze ou treize ans. D'aussi loin qu'il se souvienne, elle avait toujours été comme ça : intelligente, sensible et bien trop mûre pour son âge.

— Alors, tu lui as dit ? demanda Ézéchiel en voyant Zoé et Gabriel arriver.

Thomas, Ézéchiel et Morgane s'étaient réfugiés sous le gigantesque saule pleureur qui longeait le gymnase et le lac. C'était un arbre unique qui ne perdait jamais ses feuilles. Ses longues branches retombaient lourdement sur le sol comme de longs cheveux et en se glissant dessous, on pouvait pratiquement se croire sous une tente ou dans une cabane de branchages.

— Non, pas encore, répondit Gabriel en entraînant Zoé sous l'arbre.

— Vous êtes vraiment trop bizarres tous, qu'est-ce qu'il vous arrive ? demanda Zoé dès que Gabriel lui eut lâché la main.

Gabriel la regarda et répondit d'un ton excité :

— Tu ne devineras jamais ce que j'ai découvert... le directeur est une créature magique, un loup-garou, et Mme Laurence est une...

— ... Une sorcière ? Oui je sais, fit Zoé d'un air détaché.

Gabriel écarquilla les yeux.

— Tu le savais ?

Zoé hocha la tête.

— Oui.

Thomas lui jeta un regard furieux.

— Si c'est vrai, pourquoi t'as rien dit ?

— Je n'ai rien dit parce que ça ne nous regarde pas et que c'est un secret, rétorqua Zoé d'une voix ferme.

— C'est bien ce que je disais, ta sœur est vraiment cinglée, grommela Thomas.

— Mais Zoé, t'aurais pu me le dire à *moi* ! fit Gabriel, visiblement vexé.

— Pourquoi ? Qu'est-ce que ça aurait changé ? demanda Zoé.

— Et pour le monstre ? T'es au courant pour le monstre dans l'école ? demanda soudain Morgane en regardant Zoé.

— Un monstre ? Quel monstre ? demanda Zoé.

— Mais celui qui a enlevé Charles, j'ai entendu le directeur et Mme Laurence en parler, répondit Gabriel.

Zoé haussa les épaules.

— Ah ça... eh bien ?

— Eh bien on va essayer de le trouver et de découvrir sa cachette, expliqua fièrement Ézéchiel. Terrible, hein ?

Zoé leur jeta soudain un regard inquiet.

— Vous êtes sérieux ?

— Ben oui on est sérieux, qu'est-ce que tu crois ? dit Thomas.

Zoé jeta à son frère un regard éberlué.

— Mais c'est complètement idiot comme idée ! Vous ne vous rendez pas compte ! Vous pourriez vous faire tuer !!!

— Pff... t'es une vraie trouillarde, toi ! persifla Thomas.

— Ma sœur n'est pas une trouillarde ! gronda aussitôt Gabriel en défendant Zoé.

— Non ce n'est pas une trouillarde et elle a raison, c'est très dangereux, approuva Morgane. Seulement, on n'a pas le choix.

— Et qu'est-ce que vous comptez faire si vous le trouvez ? Le faire mourir de rire ? demanda Zoé en croisant les bras.

— On veut juste savoir de quoi il a l'air, Zoé, répondit Gabriel pour la rassurer.

— Vous savez déjà de quoi il a l'air, le monstre c'est le lac sombre, fit Zoé.

— Et voilà qu'elle recommence avec cette histoire ! lança Thomas d'un ton méchant.

— Zoé, l'eau n'est pas un monstre, dit gentiment Gabriel.

— Non mais un monstre peut parfaitement se cacher au fond de l'eau, remarqua finement Morgane en enroulant nerveusement une mèche de ses cheveux roux autour de son doigt.

Tous les enfants se tournèrent aussitôt vers elle.

— C'est pas idiot, le lac ferait une rudement bonne cachette pour un monstre, fit Ézéchiel en lançant à Morgane un regard admiratif.

Gabriel réfléchit quelques secondes puis dit :

— On a retrouvé la basket de Charles près du lac, alors oui, je crois que c'est possible...

Ézéchiel poussa un petit cri.

— Mais oui, c'est vrai ça !!! La basket !!!

— Et puis ça expliquerait pourquoi Zoé a tellement peur du lac depuis quelque temps, ajouta Gabriel en faisant un clin d'œil à sa sœur.

Zoé réfléchit. Si un monstre s'était effectivement installé depuis peu au fond du lac sombre, alors ça expliquait ses récentes appréhensions. Après tout, ça faisait plusieurs années qu'elle allait à l'école et si elle s'était toujours méfiée de ses eaux sombres, le lac ne l'avait jamais effrayée de cette façon.

— Ouais ouais d'accord, mais qu'est-ce qu'on fait maintenant ? On passe de l'autre côté du grillage et on va jeter un œil dans le lac ? demanda Ézéchiel.

— Je ne vous le conseille pas. Antoine Schwartz a essayé ce matin et il a dit que quelque chose lui avait attrapé le pied et l'avait entraîné dans l'eau, dit Zoé.

— Peuh... je parie que c'est même pas vrai, grommela Thomas.

— Si c'est vrai. T'as qu'à le demander à Antoine Schwartz si tu ne me crois pas ! répliqua Zoé en levant fièrement le menton.

— Oui mais alors qu'est-ce qu'on fait si on peut pas s'approcher de l'eau ? demanda Morgane en adressant un regard interrogateur à Gabriel.

Celui-ci réfléchit quelques secondes.

— Je ne sais pas. Je crois qu'il faudrait surveiller le lac. Les vacances commencent demain soir. L'école sera déserte et...

— Tu veux qu'on vienne à l'école pendant les vacances pour surveiller le lac et un affreux monstre ? Ah non alors !!! protesta Thomas.

Morgane leva les yeux au ciel, agacée.

— Oh, eh bien ne viens pas ! Moi je serai là. Maman et papa travaillent durant la journée donc je pourrai faire ce que je veux, fit-elle.

— Nos parents ne seront pas là non plus, fit Gabriel en regardant Zoé qui grimaçait d'un air mécontent. Par contre, n'oubliez pas de ramener des sacs à dos avec de l'eau, des sandwichs, des sacs de couchage, des allumettes et des lampes de poche juste au cas où...

Le père de Gabriel et de Zoé les emmenait souvent camper. Et Gabriel savait parfaitement combien toutes ces choses étaient importantes quand on restait des heures dehors dans l'humidité et le froid.

— Je viendrai l'après-midi à vélo pendant que ma mère sera au boulot, dit Ézéchiel.

Gabriel regarda Thomas.

— Allez ! Viens avec nous, tu vas t'ennuyer tout seul chez toi !

— Bon, bon, d'accord, je viens aussi mais je vous préviens, si le monstre me bouffe ce sera de votre faute ! grommela Thomas d'un air bougon.

Chapitre 12
Le livre interdit

Dès qu'elle fut rentrée à la maison, Zoé alla s'enfermer dans sa chambre. Elle était furieuse contre Gabriel. Furieuse qu'il veuille risquer sa vie et celle de ses camarades pour des stupidités pareilles. Le monstre c'était l'affaire des grands, pas celle des enfants. Son frère et elle avaient déjà bien assez à faire avec la disparition de leurs parents et cette horrible forêt de Malenfer. Et elle éprouvait une telle sensation d'angoisse en songeant à ce que Gabriel et les autres voulaient faire qu'elle avait l'impression que son corps pesait aussi lourd qu'un énorme bloc de pierre.

— Zoé, ouvre-moi, s'il te plaît, dit Gabriel derrière la porte.

— Non ! Fiche-moi la paix ! cria-t-elle d'un ton furieux.

Légèrement décontenancé par l'attitude bizarre de sa sœur, Gabriel décida de ne pas insister et de laisser sa colère s'apaiser. Zoé était d'une nature plutôt gentille et douce mais il lui arrivait parfois d'être colérique et aussi imprévisible qu'un cyclone. Il redescendit donc les escaliers, partit dans la grande pièce du fond, celle qui servait à la fois de bureau et de bibliothèque, et commença à fouiller dans les livres de son père. Les visions qu'avait eues Zoé la nuit précédente l'inquiétaient tout comme ce mot étrange, « Elzmarh », qu'elle n'avait cessé de murmurer pendant qu'elle dormait. Le mot avait flotté comme une ombre menaçante dans l'esprit de Gabriel toute la journée. Que signifiait-il ? Pourquoi le simple fait de le prononcer à voix haute le faisait-il trembler de la tête aux pieds ? Était-ce un endroit ? Un nom ? Une personne ? Désignait-il le lieu où se trouvaient ses parents ? Y avait-il un rapport entre ce mot et Malenfer ou avec le monstre qui les menaçait ?

Il n'en avait aucune idée et malheureusement, deux heures plus tard, il n'avait toujours rien trouvé. « Elzmarh » ne figurait dans aucun livre. Ce n'était ni un lieu, ni un pays, ni même le nom d'une personne célèbre ou d'une quelconque espèce vivante. Ce mot ne semblait pas exister. Tout simplement.

— Qu'est-ce que tu cherches ?

Gabriel leva la tête et croisa le regard de sa sœur. Et à son grand soulagement, sa voix était calme et elle ne paraissait plus du tout énervée. Froide et bizarre. Mais plus du tout énervée.

— Je cherche ce que signifie le mot « Elzmarh », le mot que tu n'as pas cessé de répéter cette nuit, répondit Gabriel.

Elle haussa les sourcils.

— Et ?

— Et rien. Je n'ai toujours aucun indice.

Il inspira un grand coup puis demanda à Zoé :

— Tu es toujours fâchée contre moi ?

— Je ne suis pas fâchée. Je ne veux pas que tu ailles près du lac, c'est tout.

Gabriel soupira.

— On ne prendra aucun risque, je te promets...

Zoé fronça les sourcils.

— Je ne te crois pas.

— Zoé, on veut juste s'assurer que M. Licantropus et les autres vont vraiment tuer le monstre...

— Pourquoi ? Qu'est-ce que ça peut te faire ?

Gabriel soupira.

— Il s'en est déjà pris à Charles et à Antoine... tu veux que ça continue ?

Zoé secoua la tête.

— Non. Je veux que tu laisses les adultes se débrouiller seuls.

Gabriel réfléchit quelques secondes. Il comprenait l'inquiétude de Zoé, il savait à quel point elle avait peur et combien le lac sombre l'effrayait, mais si un monstre s'en prenait réellement aux enfants de l'école alors ils étaient tous en danger. D'autant qu'ils n'avaient pas la moindre idée de quel type de créature magique il s'agissait. Si elle était capable de sortir de l'eau, elle pouvait s'attaquer à tout moment à n'importe lequel d'entre eux.

– Et si je te promets de t'écouter ? De faire tout ce que tu me diras ? Tu viendras avec nous ?

Zoé fronça les sourcils et prit un temps de réflexion.

Elle connaissait suffisamment Gabriel pour savoir qu'une fois qu'il avait pris une décision, il était très difficile de le faire changer d'avis. Et qu'il irait au lac, qu'elle le désapprouve ou non. Le plus simple était donc effectivement de l'accompagner ; au moins de cette façon elle pourrait veiller sur lui.

– D'accord mais on reste à l'abri, de l'autre côté du grillage et on ne va pas trop près du lac, répondit-elle.

Il acquiesça puis lui tapa dans la main.

– Marché conclu. Bon, maintenant, tu m'aides à chercher ?

Zoé grimaça.

– Tu as déjà fouillé dans tous les livres ?

La bibliothèque des parents de Gabriel et Zoé occupait la plus grande partie de la maison. Près de la moitié des livres qui s'y trouvaient avaient été soit écrits soit ramenés par leur père lors de ses nombreuses expéditions aux quatre coins du monde. En matière d'ouvrages « magiques », c'était une bibliothèque unique. Max avait consacré une bonne partie de sa vie et de son héritage à rassembler tous ces ouvrages. Mais si Zoé ne comprenait pas pour quelle raison son père était à ce point obsédé par la magie, elle savait qu'il était à la recherche de quelque chose et qu'il ne cesserait pas avant de l'avoir trouvée. Quoi ? Elle l'ignorait. Mais elle sentait obscurément que ça avait un lien avec son frère et elle et ça la tourmentait.

— Oui. Enfin, tout à l'exception des livres de l'étagère du haut.

Zoé grimaça.

— Tu sais ce qu'a dit papa ?

— Oui. « Ne touchez jamais, jamais et sous aucun prétexte aux livres qui se trouvent sur l'étagère du haut, c'est formellement interdit », récita Gabriel.

— Et toi tu veux quand même aller regarder ?

Gabriel acquiesça puis il partit chercher l'escabeau dans le grand débarras. Il savait que son père serait probablement furieux s'il apprenait que Gabriel et Zoé avaient touché aux livres interdits mais il n'avait pas le choix. Il devait à tout prix comprendre les visions de Zoé. C'était très important.

— Prends-les deux par deux... j'en lirai un et toi un autre, précisa Zoé en regardant grimper Gabriel sur les marches de l'escabeau.

Trois heures plus tard, alors qu'ils avaient feuilleté une cinquantaine d'ouvrages (*Magie des hautes plaines*, *Plantes et poisons*, *Sortilèges et potions*, *Créatures magiques des marais de Houquelande*) sans rien trouver, Gabriel découvrit en se saisissant de deux nouveaux bouquins une sorte de trou creusé dans la pierre. Poussé par la curiosité, il glissa sa main au fond et en sortit un gros ouvrage noir et or à l'aspect très ancien.

— Zoé regarde !

Zoé quitta son livre des yeux et leva la tête vers son frère.

— Qu'est-ce qu'il y a ?

— J'ai trouvé ce bouquin... il était caché dans le mur, derrière tous les autres.

Zoé fronça les sourcils.

— Tu me le montres ?

Gabriel hocha la tête, s'assit sur une chaise à côté d'elle, puis frotta la poussière qui recouvrait la couverture d'un revers de manche et lut à voix haute :

— « Dragoni u emfrit Rrgull. »

Il avait à peine terminé de prononcer le dernier mot qu'une lumière éblouissante jaillit de la couverture du livre. Les lettres dorées se mirent alors à glisser de la couverture sur les mains, les bras et le visage de Gabriel et le recouvrirent comme s'il s'agissait de tatouages mouvants.

Zoé poussa aussitôt un hurlement effrayé.

— Pose-le ! Pose ce livre !!! hurla Zoé.

Mais Gabriel n'avait aucune envie d'obéir à sa sœur. Lui n'avait pas peur. Bien au contraire. Il sentait une chaleur douce, ancienne et puissante couler dans ses veines et se sentait plus heureux qu'il ne l'avait jamais été.

— Gabriel ! S'il te plaît ! répéta Zoé, horrifiée.

Gabriel ouvrait la bouche pour lui demander de ne pas s'inquiéter lorsque la lumière qui s'échappait du livre s'éteignit brusquement.

— Que... que t'est-il arrivé ? balbutia Zoé.

— Rien. Ce n'est pas grave, tu vois, je vais bien... tenta de la rassurer Gabriel.

— Bien ? Mais il y avait plein de mots bizarres sur ton visage, tes mains, partout !

— Et ils sont partis, non ?

— Mais Gabriel... tu... tu ne te rends pas compte, ce qu'il vient d'arriver n'est pas normal, la magie qui était dans ce livre a réagi à ton contact comme si...

Gabriel fronça les sourcils.

— Comme si quoi ?

— Je ne sais pas, c'est juste que... que j'ai eu peur, admit-elle.

Gabriel fit glisser le livre devant elle.

— Touche-le, Zoé.

Les yeux bleus de Zoé s'arrondirent.

— Quoi ?

— Essaie de le toucher. Ça ne fait pas mal, tu verras, affirma Gabriel d'un ton confiant.

Gabriel avait senti que quelque chose s'était produit en lui au moment même où il avait touché ce drôle de livre, quelque chose qui sommeillait dans son cœur depuis bien longtemps et dont il ne connaissait pas l'origine mais qui le rendait infiniment heureux. Et il voulait partager cette délicieuse sensation avec Zoé.

— Non, je ne veux pas ! s'exclama-t-elle.

Gabriel leva les yeux au ciel puis il saisit la main de Zoé et la posa sur le livre.

— Essaie. C'est génial, tu verras.

Zoé ouvrit la bouche pour hurler puis la referma aussitôt. Ses doigts délicats étaient bien posés sur le vieux livre magique mais il ne s'était rien produit. Ni lumière, ni lettres qui bougent. Rien du tout.

Gabriel grimaça d'un air déçu.

— Pourquoi est-ce que ça ne marche pas ?

— Je n'en sais rien mais tu n'aurais pas dû faire ça Gabriel ! La magie n'est pas un jeu, tu sais ? lui fit remarquer Zoé d'un ton de reproche.

— Mais Zoé, c'était fantastique, je t'assure !

Elle lui jeta un regard sévère.

— Gabriel !

— Mais c'est vrai !

Zoé secoua la tête et soupira.

— Il y a des fois, tu te comportes vraiment bizarrement, tu sais ?

Gabriel haussa les épaules.

— Et toi, il y a des fois où tu parles comme maman.

Zoé leva le menton d'un air vexé. Gabriel se força à ne pas sourire pour ne pas la contrarier davantage, puis il ouvrit le livre.

Il tourna la première page, puis la deuxième, la troisième... la quatrième... Et chaque fois, il découvrait de nouveaux dessins. De gros et terrifiants dessins de dragons peints à la main.

— Ce sont tous des dragons ? demanda Zoé qui avait finalement renoncé à bouder pour céder à la curiosité qui la dévorait.

— On dirait, oui, fit Gabriel en fronçant les sourcils.

Sous chacune des illustrations était écrit un mot étrange comme « Zwigall » ou « Malaluth » suivi de l'inscription « Ex Luz » ou « Ex Tenebris » suivant les cas.

— Je crois qu'il s'agit d'une sorte d'encyclopédie, dit Gabriel.

— Mais les dragons n'existent pas, pas vrai ?

— Ben, je sais pas trop... papa m'a raconté un jour qu'il en avait vu un, une fois, sur la terre magique de Gazmoria, répondit Gabriel.

Les yeux de Zoé s'écarquillèrent.

— Sérieux ?

Gabriel opina.

— Puisque je te le dis.

Zoé n'en revenait pas. Les dragons existaient ? Ils existaient vraiment ?

— Et... et les mots bizarres qui sont en dessous des dessins ? Ils veulent dire quoi ?

— Je ne suis pas certain mais je crois qu'il s'agit de leurs noms, répondit Gabriel en se grattant nerveusement le front.

Zoé déglutit lentement.

— Quoi ? Ah, parce qu'en plus les dragons ont un nom ?

— Regarde celui-là, Zoé ! s'exclama soudain Gabriel en lui montrant l'image d'un énorme dragon noir aux yeux d'or et à la peau couverte d'écailles.

Zoé regarda le dessin, puis elle pâlit et lut d'une voix sourde :

— « Elzmarh Ex Tenebris. »

— « Elzmarh » ? Comme dans tes visions ? demanda aussitôt Gabriel.

Zoé se mordit nerveusement les lèvres. Elle ne pouvait détacher son regard du dessin. Son estomac s'était contracté et elle s'était brusquement mise à trembler.

— Je ne sais pas... Je... je ne m'en souviens pas, balbutia-t-elle.

— Zoé ça va ? demanda Gabriel en la regardant d'un air inquiet.

— Non, je... je me sens pas très bien, dit-elle.

Gabriel passa un bras autour de son épaule et la serra contre lui.

— Bon, t'es fatiguée, viens, on va manger et tu vas aller te coucher. Tu as besoin de te reposer.

— Oui mais... et le livre ?

Il haussa les épaules.

— Je continuerai de le lire plus tard. De toute façon, je crois qu'on a trouvé ce qu'on cherchait.

Zoé acquiesça puis suivit Gabriel hors de la bibliothèque sans protester. La journée avait été longue et éprouvante. Son frère avait raison. Elle était affamée et sur le point de s'écrouler. Et puis ce livre et cette histoire de dragon la perturbaient. L'effrayaient même. Un dragon, franchement ? Un dragon, et puis quoi encore ? Et pourquoi pas un smoll du Nord tant qu'on y était ? (Les smolls du Nord étaient des rhinocéros blancs volants à deux

têtes tout droit sortis des légendes... tout comme les dragons. Tout le monde savait ce que c'était mais aucune de ces horribles bestioles n'était censée exister. Et heureusement d'ailleurs. Le monde était déjà suffisamment chaotique et effrayant comme ça, c'était pas la peine d'en rajouter.)
— Si tu le dis...

Chapitre 13
Une sombre vision

Gabriel avait attendu près d'une heure que Zoé s'endorme puis il s'était relevé, avait enfilé sa robe de chambre et était retourné à pas de loup vers la bibliothèque.

Le livre des dragons l'obsédait. La sensation qu'il avait éprouvée lorsque la drôle de lumière était apparue et que toutes ces lettres étranges avaient recouvert sa peau avait été incroyable, unique, et il voulait savoir si ce phénomène se reproduirait à nouveau. Et puis, il y avait aussi cette histoire de vision. Il sentait instinctivement que même si Zoé faisait un blocage et qu'elle refusait de s'en souvenir, elle avait bel et bien rêvé d'Elzmarh, le gigantesque et effrayant dragon noir dessiné dans le livre, celui dont elle avait plusieurs fois prononcé le nom. Et il devait à tout prix en découvrir la raison. Les visions de Zoé étaient souvent difficiles à interpréter. Elles pouvaient aussi bien refléter l'avenir que le passé. Parfois même le présent. Mais même en se triturant la tête, il n'était jamais certain de pouvoir deviner ce qu'elles signifiaient.

« Bon, puisque je n'ai aucune piste, autant commencer par le début », songea-t-il au bout de quelques minutes. Il saisit donc le livre et le posa sur le bureau de son père puis il se mit à fouiller les étagères à la recherche de dictionnaires ou de livres de traduction de langues étrangères, afin de trouver ce que voulaient dire les mots « Ex Luz » et « Ex Tenebris » qui avait été rajoutés en rouge à côté du nom de chaque dragon. Enfin, il commença doucement à lire.

Deux heures plus tard, un cri. Un hurlement atroce, insoutenable retentit soudain dans toute la maison. Le cœur battant, Gabriel se leva de sa chaise en sursaut, puis il se précipita vers les escaliers et la chambre où dormait Zoé, mais elle était vide. Zoé n'était plus là. Elle avait disparu. Saisi de panique, Gabriel redescendit en hurlant vers le salon :

— Zoé !!! Zoé !!!

Puis il se précipita vers la salle de bains, la cuisine...

— Zoé ! Zoé !

Et plus Gabriel hurlait le prénom de sa sœur, plus il se sentait pâlir. Était-il possible que Malenfer... ? « Non, non, pitié, tout mais pas ça », songea-t-il en fouillant une par une toutes les pièces de la maison.

Désespéré, il enfila son blouson, saisit une lampe-torche et sortit précipitamment en courant.

La nuit était plus noire qu'une nuit sans lune. Un vent froid battait à ses oreilles. Mais malgré l'obscurité, il pouvait pratiquement déceler la présence démoniaque et malfaisante de Malenfer et de ses arbres dévoreurs.

— Zoé !!!?

Le cœur battant à tout rompre, Gabriel fit le tour de la maison en dirigeant sa lampe-torche dans toutes les directions.

— Zoé !!!

Mais seul le souffle ténébreux et glacial de la forêt maléfique semblait lui répondre.

— Zoé, réponds-moi s'il te plaît ! s'écria Gabriel en sentant l'émotion lui nouer la gorge, et ses yeux se remplir lentement de larmes.

— *Ex tenebris dragonum Elzmarh...*

Gabriel leva la tête, essuya ses larmes puis se mit à courir vers l'endroit d'où provenait la voix. Zoé... il en était sûr, c'était bien la voix de Zoé. Elle venait du fond du jardin, près du grillage et de la forêt de Malenfer.

Il se précipita immédiatement dans sa direction, faillit tomber deux fois en trébuchant sur des pierres et un pot de fleurs, puis il balaya une nouvelle fois l'obscurité de sa lampe torche et aperçut une forme familière.

Zoé se tenait là, debout, dans le noir, prostrée dans son petit pyjama bleu, le menton levé et le regard braqué vers le ciel.

— Zoé ?

Il s'approcha d'elle et l'entendit murmurer :

— *Ex tenebris dragonum Elzmarh... ex tenebris dragonum Elzmarh.*

— Zoé ? fit de nouveau Gabriel.

Mais Zoé ne paraissait pas s'apercevoir de sa présence. Elle semblait ailleurs, perdue dans l'une de ses terrifiantes visions. Elle ne l'entendait pas, elle ne le voyait pas. Son esprit paraissait avoir quitté ce monde...

— *Ex tenebris dragonum Elzmarh,* répéta-t-elle d'une drôle de voix sans quitter les cieux du regard.

Gabriel leva les yeux à son tour et ressentit un étrange frisson. Ce n'était pas vraiment de la peur comme quand il regardait Malenfer mais il sentait une sorte de « présence ».

Il resta un instant le visage prostré puis, après quelques secondes, il se ressaisit, inspira un grand coup, posa ses mains sur les épaules de sa sœur et la secoua en criant d'une voix inquiète :

— Zoé, réveille-toi ! Zoé !!!

— Oh mais bon sang, qu'est-ce que tu as à hurler comme ça ? demanda Zoé en clignant subitement des yeux comme si elle se réveillait d'un long rêve.

— Hein ? Quoi ? Mais c'est parce que tu...

Gabriel n'eut pas le temps de terminer sa phrase que Zoé se mit à blêmir, avant de pousser un petit cri et de s'écrouler doucement sur le sol.

Gabriel allongea Zoé entre deux couvertures sur l'herbe humide. Elle resta inconsciente au moins dix bonnes minutes. Dix très très longues minutes durant lesquelles Gabriel n'eut de cesse de s'inquiéter. Mais il pouvait maintenant se sentir rassuré. Zoé était redevenue elle-même et ses jolies joues rosissaient au fur et à mesure qu'elle se réchauffait.

— Tu m'as fichu une sacrée trouille, avoua-t-il en la serrant contre lui.

— Désolée Gaby. Je ne voulais pas t'effrayer, répondit-elle d'un ton navré.

Gabriel lui sourit gentiment.

— Je sais.

— Je... je ne comprends pas... j'ai peur. J'ai si peur. Tu crois... tu crois que c'est elle ? C'est à cause d'elle tout ça ? demanda Zoé en tournant la tête vers la forêt démoniaque.

Il faisait bien trop sombre pour l'apercevoir mais de l'endroit où elle se trouvait, Zoé pouvait entendre gémir les branches des arbres affamés et écouter le chant macabre des dévoreurs de Malenfer se propager dans la nuit. La forêt monstrueuse était si proche maintenant que Zoé pouvait pratiquement sentir son souffle mortel caresser ses pommettes et sa main crochue et terrifiante se glisser dans sa poitrine et lui enserrer le cœur.

Gabriel secoua la tête.

— Non Zoé. Cette fois, ce n'est pas Malenfer. Tu as répété encore le nom de ce dragon. Tu sais ? Elzmarh ?

— Un dragon ? Mais qu'est-ce que ça veut dire ? Tu crois que c'est parce que papa et maman sont à Gazmoria ? Là où papa a vu un dragon ? Tu crois que cette vision les concerne ? Qu'ils sont en danger ?

Gabriel réfléchit. Oui, c'était bien possible après tout... sauf que... sauf qu'il avait senti quelque chose de bizarre quand il avait regardé le ciel, lui aussi. Une impression singulière et pourtant familière. Comme quand il avait touché le livre.

— Je ne sais pas, Zoé.

Elle soupira.

— À quoi est-ce que ça peut bien servir de voir toutes ces choses si on n'y comprend jamais rien ? C'est nul !

— Avec le temps, Zoé. Avec le temps, tu finiras par y arriver. Tu verras, tenta de la rassurer Gabriel.

— Tu dis toujours ça mais...

— ... Zoé. Sois patiente. Ton pouvoir grandit chaque année. Tu es super-douée mais tu n'es encore qu'une petite fille, dit Gabriel en aidant sa sœur à se relever.

— Tu n'es pas tellement plus vieux, lui fit-elle remarquer tandis qu'il la raccompagnait à l'intérieur de la maison.

Gabriel la dévisagea puis poussa un soupir triste.

— Mais moi je n'ai aucun pouvoir magique. Je suis juste un garçon ordinaire alors que toi...

Zoé se mordit les lèvres pour ne pas l'interrompre. Non, Gabriel n'avait rien d'un garçon ordinaire. Il était spécial, bien plus spécial qu'il ne pouvait l'imaginer. Elle le savait. Et cela, bien avant que la magie du livre des dragons ne réagisse à son contact. Oh bien sûr, elle ne pouvait pas lui en parler. Et puis lui parler de quoi ? Elle n'avait aucune idée de la nature exacte des pouvoirs de son frère. Elle sentait dans son cœur qu'il était différent mais c'était tout.

— Ne dis pas de bêtises. Tu n'imagines pas à quel point tu es unique, toi aussi, Gaby, fit-elle en l'embrassant doucement sur la joue.

Il esquissa un sourire triste.

— Oui, à tes yeux peut-être...

— Pas seulement. Tu as remarqué comment Morgane te regardait cet après-midi ? Je crois qu'elle t'aime bien elle aussi, fit Zoé tandis qu'ils grimpaient les escaliers.

Gabriel rougit, embarrassé.

— N'importe quoi...

— Non, non, je ne plaisante pas. Tu pourrais peut-être l'inviter à la maison un de ces jours...

Gabriel se racla la gorge et poussa la porte de leur chambre.

— Laisse tomber, Zoé. Morgane est une copine, c'est tout.

Zoé s'allongea dans son lit et remonta sa couette avant de dire en souriant :

— Si c'est vrai alors pourquoi tu deviens tout rouge dès qu'on parle d'elle ?

Gabriel fronça les sourcils.

— Je ne deviens pas tout rouge !

Zoé sourit.

— Ah non ?

Gabriel se renfrogna puis se dirigea à son tour vers son lit en marmonnant :

— Dors et fiche-moi la paix, Zoé !

Zoé s'esclaffa et répondit :

— Bonne nuit Gabriel.

— Ouais c'est ça, bonne nuit, grommela-t-il en se tournant rageusement vers le mur.

Chapitre 14
À la recherche du monstre

Durant les jours qui suivirent, l'école parut enfin retrouver son calme. Puis ce fut le premier jour des vacances. Gabriel, Zoé, Ézéchiel, Thomas et Morgane s'étaient donné rendez-vous comme prévu devant la grille de l'école. Ils avaient escaladé la clôture qui entourait le parc et ils avaient couru jusqu'au grand saule pleureur en prenant soin de ne pas se faire remarquer par M. Plexus, le gardien de l'école.

Et, depuis une heure, ils surveillaient attentivement et patiemment les eaux sombres du lac.

– Là, regarde...

— Quoi ? demanda Gabriel en levant les yeux vers Ézéchiel qui observait la gigantesque étendue d'eau avec une paire de jumelles.

— Tu n'as pas vu un truc bouger ?

— Non. Je n'ai rien vu, répondit Gabriel.

— Pourtant... je suis sûr qu'il y a eu des petites vagues bizarres, insista Ézéchiel.

— Peuh... tu dis ça pour te rendre intéressant, dit méchamment Thomas.

— Non, j'ai vraiment vu quelque chose, rétorqua Ézéchiel d'un ton sec.

— Ouais, des poissons qui nagent, ricana Thomas.

— Il n'y a pas de poissons dans le lac sombre, Thomas, lui fit remarquer froidement Morgane.

— Qu'est-ce que c'est que cette histoire ? Il y a toujours des poissons dans les lacs, répondit Thomas, vexé comme un pou.

— Peut-être mais pas dans celui-là. Je suis étonnée que tu ne le saches pas, ajouta Morgane avant de reporter de nouveau son attention vers l'eau.

Zoé pinça les lèvres pour ne pas sourire. Elle n'aimait pas Thomas. Il se montrait souvent agressif et désagréable. Et elle n'était pas mécontente de voir Morgane le remettre à sa place. De toute manière, Morgane disait la vérité. Pour une raison inconnue et que personne ne parvenait à expliquer, ni les plantes, ni les animaux ni quoi que ce soit de vivant ne semblait pouvoir survivre dans le lac sombre. Les habitants disaient qu'il était maudit.

— Je crois qu'on devrait se rapprocher, on est trop loin, soupira Morgane.

Ézéchiel baissa un instant sa paire de jumelles et secoua la tête.

— Si on sort d'ici, M. Plexus risque de nous voir...

— Tant mieux ! Comme ça, on sera forcés de rentrer chez nous, râla Thomas.

Morgane secoua ses longs cheveux roux et lui jeta un regard sévère.

— Personne ne t'a forcé à venir, Thomas !

Thomas se rembrunit.

— Mais on s'ennuie ici !

Morgane leva les yeux au ciel.

— Qu'est-ce que tu t'imaginais ? Qu'on allait jouer au football ? On est là pour trouver un monstre. Un vrai monstre. Pas pour s'amuser.

Thomas poussa un soupir.

— Un monstre, pff... je suis sûr qu'il existe même pas en fait...

— Euh... ouais mais alors c'est quoi ça ? demanda soudain Ézéchiel en pointant le doigt vers le milieu du lac.

Tous les enfants tournèrent aussitôt le regard vers l'eau sombre.

Une sorte de demi-lune brillante et noire venait brutalement d'émerger à la surface du lac. Un peu comme un gigantesque aileron de requin.

— Peuh... c'est rien, c'est un gros bout de bois noir ou un vieux tronc pourri, remarqua Thomas en grimaçant.

— Impossible, fit Morgane. Regarde, ça se déplace beaucoup trop vite...

— Normal, y a du courant, observa Thomas.

— Il n'y a aucun courant dans ce lac, répliqua aussitôt Morgane.

— Tu peux me prêter tes jumelles ? demanda soudain Gabriel en plissant le front d'un air soucieux.

Puis il quitta leur cachette et avança tout droit vers le grillage.

— Gaby, non ! Ne t'approche pas ! le réprimanda Zoé en lui emboîtant le pas.

— Je dois regarder, Zoé, ne t'inquiète pas, je resterai de ce côté, répondit Gabriel les yeux fixés derrière la paire de jumelles.

Comme à son habitude, l'eau du lac était opaque. Le nuage de vapeur flottait comme une brume luminescente au-dessus de la surface mais « la chose » ou « l'objet » était nettement visible et semblait effectivement bouger si rapidement qu'on pouvait croire qu'il était propulsé par un moteur.

— Alors ? demanda Zoé.

— Alors je ne vois pas ce que ça pourrait être mais je suis certain d'une chose : ce n'est pas un tronc d'arbre. Et quoi que ce soit, ça s'éloigne de l'autre côté du lac vers les grottes, soupira Gabriel.

— Gabriel ! Zoé ! Attention ! Quelqu'un arrive ! cria Ézéchiel en courant vers eux tout en leur faisant de grands signes.

Gabriel et Zoé s'élancèrent aussitôt vers le gigantesque saule pleureur et eurent à peine le temps de retrouver leur cachette que des voix s'élevaient déjà un peu plus loin.

Gabriel écarta doucement l'une des branches du grand saule et aperçut M. Licantropus, Mme Laurence, Mme Cranechauve et M. Popescu, Mme Elfie et M. Plexus marcher en direction du lac sombre.

Ils étaient tous habillés bizarrement. Le directeur était en survêtement, Mme Elfie portait une robe courte de cuir marron serrée à la taille par une ceinture où était accroché un couteau, Mme Laurence, la sorcière, avait une longue robe noire de velours qui lui arrivait aux chevilles, M. Plexus avait une sorte de cotte de mailles étrange et un bouclier, M. Popescu un pull argenté avec de grands trous dans le dos, et Mme Cranechauve se déplaçait d'une démarche souple et sans sa canne.

— Dis donc, je rêve ou Mme Cranechauve a une énorme massue ? demanda Thomas les yeux écarquillés.

— Wouah ! Vous avez vu l'arc et les flèches de Mme Elfie ? murmura Ézéchiel d'une voix étranglée.

— Et l'épée de M. Plexus ? dit Morgane.

— Qu'est-ce qu'ils font là ? chuchota Ézéchiel en grimaçant.

— La même chose que nous, ils cherchent sûrement le monstre, répondit doucement Gabriel en observant le petit groupe d'un air perplexe.

Il savait que le directeur était un loup-garou, l'infirmière, Mme Laurence, une sorcière, Mme Cranechauve un troll et M. Popescu un walligow mais il ignorait que le gardien de l'école, M. Plexus, et la surveillante, Mme Elfie, étaient aussi des créatures magiques.

— Zoé, tu ne m'avais pas dit que M. Plexus et Mme Elfie étaient des créatures magiques, remarqua Gabriel d'un ton mécontent en regardant sa sœur.

Elle haussa les épaules.

— Mme Elfie est une elfe et M. Plexus un nain baltran des montagnes, dit-elle avant de fixer de nouveau le directeur et les autres d'un air anxieux.

Leurs démarches, leurs mouvements, les armes qu'ils tenaient presque tous à la main accentuaient l'angoisse qu'elle ressentait et paraissaient amplifier la gravité de la situation.

— Où est-ce qu'ils vont ? demanda Morgane tandis que le directeur et sa minuscule armée s'éloignaient maintenant vers les bois qui bordaient les rives du lac.

Gabriel plissa les lèvres.

— On dirait qu'ils vont contourner le lac...

Morgane lui lança un regard étonné.

— Pour quoi faire ?

Gabriel haussa les épaules.

— Aucune idée.

— Peut-être qu'on devrait les suivre, suggéra Ézéchiel.

— Non mais t'es malade ? gronda Thomas.

— Ben quoi ? C'est bien pour ça qu'on est venus, non ? Pour voir le monstre et espionner le directeur ? lança Ézéchiel.

Zoé secoua la tête et se tourna vers Gabriel.

— Tu m'as promis qu'on ne s'approcherait pas du lac et qu'on ne prendrait aucun risque.

Gabriel opina.

— C'est vrai. Mais je ne vois pas le risque qu'il y a à les suivre.

Morgane sourit et ajouta d'un ton enthousiaste :

— Ben oui, on peut les regarder de loin. Allez Zoé, ne fais pas ta mauvaise tête !

Zoé réfléchit quelques secondes. Un étrange pressentiment s'était insinué en elle depuis le moment où ils avaient aperçu cette forme sombre dans le lac. Pour autant, elle savait que Gabriel, Ézéchiel et Morgane mouraient littéralement d'envie de voir le monstre et d'assister au combat qui se préparait.

Elle hocha donc doucement la tête.

— D'accord mais on ne s'approche pas du lac, compris ?

Thomas grimaça en secouant la tête.

— Non, pas question. Si je viens avec vous, je vais rentrer en retard et ma mère va me tomber dessus.

— Reste ici si tu veux, trouillard, en tout cas nous, on y va, dit Morgane d'un ton moqueur.

— Je suis pas un trouillard ! Je veux pas avoir d'ennuis, c'est tout, rétorqua Thomas en la fusillant du regard.

Gabriel, Ézéchiel, Morgane et Zoé sortirent de dessous le saule pleureur sans même chercher à faire changer Thomas d'avis. D'abord parce qu'ils en avaient tous assez de l'entendre continuellement se plaindre et ensuite parce qu'ils n'avaient pas le temps de discuter. Le directeur et les autres avaient déjà disparu dans les bois et les enfants ne voulaient surtout pas prendre le risque de se faire semer.

— Venez, on court pour les rattraper, dit Ézéchiel.

— Attends, doucement, n'oublie pas que le directeur est un loup-garou. Si on s'approche trop près d'eux, tu peux être sûr qu'il va soit nous entendre, soit nous sentir, l'avertit Gabriel en lui attrapant le bras.

— Gaby a raison, il faut qu'on reste suffisamment à distance, sinon ils vont nous repérer, affirma Morgane.

— Attendez-moi, attendez-moi, lança Thomas en courant essoufflé derrière eux.

Gabriel ne put s'empêcher de sourire. Thomas avait beau passer son temps à râler, il finissait toujours par suivre ses amis. Il grognait et pestait mais il restait toujours à leurs côtés. Quoi qu'il puisse arriver.

— Oh non... on est vraiment obligés de le supporter ? demanda Morgane en grimaçant.

Mais à la grande surprise de Zoé et de Morgane, Gabriel et Ézéchiel donnèrent une petite tape amicale dans le dos de Thomas et répondirent en chœur :

— Ouais, on est vraiment obligés.

Chapitre 15
La traversée du lac sombre

Zoé détestait la forêt qui bordait le lac sombre. Oh bien sûr, elle n'avait rien de maléfique comme Malenfer mais elle était étrange. Ses arbres étaient épais et presque tous tordus. Le sol était couvert de racines et de buissons épineux qui vous attrapaient les jambes et vous griffaient la peau comme des ongles crochus.

— Ça va Zoé ? chuchota Gabriel en la voyant trébucher.

Elle hocha la tête.

— Oui, ça va.

— Chut, écoutez ! murmura soudain Ézéchiel à voix basse.

Ses compagnons tendirent l'oreille. Un peu plus loin à droite, les voix des professeurs et du directeur paraissaient s'éloigner en direction du lac.

— Ils ont quitté le sentier, dit Gabriel.

— On a intérêt à se dépêcher ou ils vont nous semer, lança Morgane en suivant Gabriel et Ézéchiel qui commençaient à courir.

Thomas fronça les sourcils et s'élança à son tour en soufflant d'un ton maussade :

— Je croyais que Zoé avait dit qu'on ne devait pas s'approcher du lac !

Zoé les regarda partir à toute vitesse, elle hésita un instant puis se résolut finalement à les suivre. De toute façon, elle ne pouvait pas abandonner son frère et ses amis. C'était tout bonnement impossible.

— Zoé ! Plus vite ! fit Gabriel qui l'attendait un peu plus loin à l'intersection du sentier principal et d'un minuscule petit chemin escarpé.

— Où... où sont les autres ? demanda-t-elle, essoufflée, en le rejoignant.

— Par là, suis-moi, dit Gabriel en lui prenant la main et en l'entraînant sur le petit chemin.

La pente était raide, la descente si dangereuse que Zoé manqua de tomber plusieurs fois.

Quelques instants plus tard, ils débouchèrent sur un banc de terre et Zoé réalisa qu'ils se trouvaient à présent là où elle avait toujours refusé d'aller : sur les rives du lac sombre.

— Ah, vous êtes là ! Regardez ! fit Thomas en indiquant à Gabriel et Zoé une grande barque qui s'éloignait sur le lac avec plusieurs passagers à son bord.

— Le directeur et les autres ? demanda Gabriel. Morgane acquiesça.

— Ils ont tous embarqué. Je crois qu'ils vont vers les grottes qui sont juste de l'autre côté, dit Morgane.

— Heureusement, il reste une autre barque, dit Ézéchiel d'un ton joyeux en montrant du doigt la petite embarcation posée à même la terre quelques mètres plus loin.

Gabriel avança vers la barque et demanda :

— Il y a des rames ?

— Oui, répondit Ézéchiel, en lui indiquant deux rames si vermoulues que Gabriel les avait d'abord prises pour de vieilles branches.

Gabriel grimaça.

— Oh, super.

— Vous... vous n'êtes pas sérieux ? Vous ne comptez tout de même pas aller sur le lac ? demanda Zoé.

— Ben il est un peu tard pour reculer, dit Ézéchiel.

— Et puis regarde, ils ont l'air d'aller bien, ajouta Morgane en lui montrant le directeur et les autres qui débarquaient tranquillement de l'autre côté.

— Et ça ne prendra que cinq ou dix minutes, fit Gabriel.

— Mais... vous n'avez pas entendu ce que je vous ai dit sur ce lac ? gronda Zoé d'un ton mécontent.

Elle n'en revenait pas qu'ils soient tous si bêtes et si imprudents. Mais celui qui la décevait, qui la décevait vraiment, c'était Gabriel. Il était si excité par toute cette histoire qu'il semblait incapable de réfléchir correctement.

— Bien sûr que si on a entendu mais regarde... il n'est rien arrivé aux profs et aux autres, pas vrai ? lui fit remarquer Ézéchiel.

— Je me demande si on parviendra à ramer avec ce vieux machin, dit Thomas en soulevant l'une des rames.

Bon sang ! Si même Thomas s'y mettait, alors tout était fichu. Jamais les autres ne l'écouteraient, songea Zoé.

— Zoé, cesse de te faire du souci, tout ira bien, fit Gabriel en faisant signe aux trois autres de l'aider à tirer la barque jusqu'au lac.

Zoé décida de se taire. De toute manière, qu'elle soit d'accord ou non, il semblait qu'ils avaient déjà tous pris leur décision. Il était trop tard, bien trop tard pour les convaincre de renoncer à cette stupide expédition.

Elle inspira donc longuement, combattit dans un immense effort la peur qui l'assaillait et la nausée qui lui nouait la gorge et l'estomac, puis elle alla s'asseoir avec ses compagnons dans la vieille embarcation en priant pour ne pas vomir.

Chapitre 16
La grotte

L'eau était calme. Paisible. Mais tous les enfants restaient étrangement silencieux. Gabriel et Ézéchiel ramaient ensemble et la barque avançait comme un bateau fantôme vers les grottes de l'autre côté du lac. En dépit des craintes de Zoé, le trajet se déroulait sans encombre. Mais plus l'embarcation approchait des grandes cavités souterraines plus Zoé sentait les battements de son cœur s'accélérer.

— Zoé ? Ça va ? Tu es toute blanche, demanda Morgane en la dévisageant d'un air angoissé.

Zoé hocha la tête. Sa gorge était si nouée qu'elle était incapable de parler.

— Zut ! Il y a deux grottes. Vous avez vu dans laquelle ils sont entrés ? demanda Gabriel en arrêtant subitement de ramer.

Le lac sombre s'étendait sous la roche mais il y avait effectivement deux entrées dans deux cavités souterraines différentes creusées côte à côte.

— Non, fit Morgane en secouant la tête.

— Moi non plus, soupira Thomas.

Ézéchiel tourna aussitôt le regard vers Gabriel.

— Alors ? On va où ? Dans celle de gauche ou dans celle de droite ? demanda-t-il.

Gabriel réfléchit quelques secondes et dit en espérant ne pas se tromper :

— Celle de gauche...

Une minute plus tard, la barque entrait dans la plus large et la plus lumineuse des deux grottes et les enfants poussaient des petits cris d'admiration.

— Wouah, c'est génial ici ! s'exclama Morgane en regardant tout autour d'elle.

La roche avait une couleur pourpre et brillante, l'eau paraissait étrangement scintillante et des petits éclats brillants comme des diamants illuminaient la cavité tout entière tel un ciel étoilé.

— Oui, c'est incroyable ! approuva Ézéchiel.

— Ouais ouais, c'est beau mais je crois qu'on devrait quand même sortir les lampes de poche des sacs à dos, dit Thomas en remarquant que le bateau s'enfonçait plus profondément dans la grotte et que la lumière diminuait à vue d'œil.

— Regardez ! Il y a la barque du directeur et des autres ! s'écria Morgane en leur montrant l'embarcation qui flottait le long d'une berge de sol rocheux un peu plus loin.

Elle était attachée à une corde enroulée autour d'un gros bloc de pierre.

— D'accord... on va descendre ici, dit Gabriel. Ils ont disparu donc j'imagine qu'il doit forcément y avoir un passage quelque part.

Ézéchiel et Gabriel sautèrent de la barque en premier puis ils prirent la corde et la nouèrent avec l'autre sur le rocher. Quelques secondes plus tard, Morgane, Zoé et Thomas débarquaient à leur tour.

— Hum, il fait sombre ici, remarqua Thomas.

— Venez voir ! Il y a une sorte de tunnel, fit Morgane en se dirigeant vers le mur du fond.

Ses camarades la rejoignirent aussitôt et constatèrent que la grotte se réduisait effectivement en un tunnel étroit et qu'il ne semblait malheureusement pas y avoir d'autre passage que celui-ci.

— Hum... c'est pas très large, dit Ézéchiel, peu enthousiaste.

— Oh là là, il fait tout noir et je suis sûr qu'il y a plein d'araignées et de chauve-souris là-dedans ! lança Thomas d'un ton angoissé.

Zoé sentit sa gorge se serrer. Elle sentait instinctivement qu'il y avait quelque chose au fond de cette grotte. Quelque chose de bien plus gros, ancien et effrayant que de vulgaires araignées. Mais à quoi bon perdre son temps à leur expliquer ? Gabriel, Ézéchiel et Morgane étaient de vraies têtes de mule et elle savait qu'ils n'avaient aucunement l'intention de l'écouter.

— Je pars en tête. Vous me suivez, dit Gabriel en brandissant sa lampe vers le tunnel.

Zoé regarda son frère, Ézéchiel et Morgane s'engouffrer un à un dans le dédale de roches grises et suintantes puis elle rassembla son courage et s'apprêtait à leur emboîter le pas lorsque Thomas la retint par le bras.

— Zoé, tu ne veux pas les attendre ici ? J'ai pas envie d'entrer dans ce tunnel, il me fiche les jetons.

— À moi aussi mais je ne peux pas laisser mon frère entrer tout seul là-dedans.

Thomas poussa un profond soupir.

— D'accord, je te suis mais tu m'attends et tu ne marches pas trop vite, hein ?

Zoé sourit, secoua la tête puis ils s'enfoncèrent l'un après l'autre sous la roche.

Ils marchèrent ainsi en file indienne durant près de cinq minutes entre les murs sombres puis le tunnel s'élargit brusquement et trois passages différents s'ouvrirent devant eux.

— Oh non ! On doit choisir lequel ? soupira Ézéchiel.

— Ben on n'a qu'à tirer à pile ou face, proposa Morgane.

— Et si on se perd qu'est-ce qu'on fait ? C'est un vrai labyrinthe là-dedans ! gémit Thomas d'une voix apeurée.

Gabriel dirigea sa lampe sur le visage de sa sœur.

— Zoé, t'as une idée ?

— Laisse-moi réfléchir...

En réalité, Zoé savait que M. Licantropus et les autres guerriers avaient pris le tunnel du milieu mais elle ne voulait surtout pas y aller parce qu'il sentait les ténèbres, la mort et l'obscurité. L'emprunter aurait été comme descendre directement en enfer.

— Je crois qu'ils ont pris le tunnel avec l'escalier qui monte, celui de gauche, répondit-elle.

— D'accord, on y va, fit Gabriel en brandissant sa lampe sur les marches de pierre.

Soulagée, Zoé le suivit aussitôt. Elle n'était pas fière d'elle. Elle détestait mentir à son frère mais elle n'avait pas le choix. Elle aurait préféré mourir sur place que d'emprunter le tunnel du milieu. Et puis quoi ? L'important était qu'ils réussissent tous à sortir de cet endroit vivants, non ?

Ils grimpèrent donc une centaine de marches avant que Thomas ne recommence à se plaindre.

— C'est encore loin ? Dites, on pourrait pas faire une pause ?

— Il... il a raison. Cet escalier n'en finit pas, soupira Ézéchiel, essoufflé.

— Allez, encore un petit effort, je suis sûr qu'on va y arriver, les encouragea Gabriel qui commençait lui aussi à se demander si Zoé ne s'était pas trompée de chemin.

— Oui mais arriver où ? fit Morgane en essayant de reprendre son souffle.

Quelques minutes et une trentaine de marches plus tard, le sol redevint subitement plat et ils tombèrent sur une sorte de caverne taillée à même la roche.

— Oh non ! C'est une impasse ! soupira Gabriel d'un ton dépité.

— Non, regarde ! Il y a de la lumière ! s'exclama Ézéchiel en marchant vers le fond de la pièce.

Il y avait effectivement un trou dans la roche, à peine plus grand qu'une fenêtre et d'où provenait une étrange lueur.

Ézéchiel se faufila à travers l'ouverture et se retrouva sur une énorme corniche éclairée par la lumière du jour. Il n'était plus sous terre mais à l'extérieur, sur le flanc d'une petite montagne.

— Hé, venez voir ! hurla-t-il.

Les enfants arrivèrent presque tous en courant.

— Faites gaffe, il y a un précipice au bout ! leur cria Ézéchiel.

Zoé écarquilla les yeux puis, poussée par une étrange sensation, avança vers le bord de la corniche.

— Zoé ! Non ! hurla Gabriel en se précipitant vers elle.

— Il est là... sous nos pieds, je le sens, dit Zoé en lui montrant du doigt l'immense, la gigantesque étendue de terre verte et boisée qui se trouvait cinquante mètres sous la corniche.

— Oh bon sang de bonsoir, cette fois c'est sûr ma mère va me tuer, se plaignit Thomas en regardant le vide.

— Tant mieux. J'espère qu'elle ne va pas te louper, répliqua Morgane excédée.

— Gaby, regarde !!! cria Zoé en levant les yeux vers le ciel et la gigantesque ombre noire qui passait au-dessus de leurs têtes.

Une bête, une bête énorme et couverte d'écailles noires volait à moins de trois mètres de leur crâne, les effleurant presque. Puis elle se mit à plonger vers son refuge et les arbres cachés au bas de la petite montagne.

— Pin... pincez-moi, c'est bien... un... un... balbutia Thomas en tremblant de tous ses membres.

— Un dragon, dit Gabriel en déglutissant.

— Génial, un gros lézard puant, ailé et griffu, beurk, dit Morgane d'un ton dégoûté.

— Mais d'où il sort ? demanda Ézéchiel en regardant le dragon se poser sur le sol.

— Aucune idée. On sait juste qu'il s'appelle « Elzmarh ex Tenebris » et que Zoé l'a déjà vu en rêve, fit Gabriel la gorge serrée.

— Ouais ben « Elzmarh ex tenebris » ça craint comme nom, fit Thomas, la tête penchée au-dessus du vide.

— Ah parce que tu crois que « Thomas » c'est mieux ? ricana Morgane.

— Bon sang ! Je savais même pas que ça existait, moi, les dragons ! grogna Ézéchiel.

— Tu crois que c'est lui le monstre qui se cachait au fond du lac ? demanda Gabriel à Zoé.

Elle hocha doucement la tête.

— Oui.

— Oh non, non, venez voir ce qu'il se passe en bas !!! leur cria soudain Thomas.

Chapitre 17
La bestiole

Les enfants étaient tous allongés sur le rebord de la corniche, la tête penchée au-dessus du vide et les yeux rivés sur les lointaines petites formes noires qui avançaient sur le chemin de terre qui longeait les arbres. Elles marchaient lentement mais sûrement vers le dragon.

— Ce sont eux ? Le directeur et les autres qui sont en bas ? demanda Ézéchiel d'une voix étranglée.

— Mais évidemment, qui veux-tu que ce soit ? répondit Morgane avec une pointe d'inquiétude.

— Je ne sais pas pour vous mais je crois qu'on ferait mieux de descendre et de les rejoindre, suggéra Gabriel.

— Tu plaisantes ? On est en sécurité ici, protesta aussitôt Thomas.

— En sécurité, tu parles ! Un dragon ça vole figure-toi ! lança Ézéchiel.

— Oui, et puis de toute façon, on ne peut pas partir avant de savoir ce qu'il va se passer et d'ici on est trop loin, on ne verra presque rien du tout, dit Morgane.

Thomas se tourna vers Zoé.

— Dis-leur, toi ! Dis-leur que c'est une idée stupide !

Mais contre toute attente, Zoé était de l'avis de Gabriel. Maintenant qu'elle savait à quoi elle avait affaire, elle n'avait presque plus peur. Ne pas savoir pour quelle raison on est effrayé est pire que tout. C'est comme lorsqu'on est dans le noir et qu'on imagine plein de choses horribles. Là, elle savait d'où venait le danger. Elle pouvait voir et presque toucher son ennemi. D'un certain côté, c'était bien moins effrayant que les horreurs que son imagination était capable de créer.

— Pour cette fois, je suis d'accord avec Gabriel, dit-elle.

— Vous êtes dingues ! Vous êtes tous dingues ! brailla Thomas.

— Et toi tu n'es qu'un sale trouillard ! siffla Morgane d'un ton méprisant.

— Peut-être mais toi t'es complètement folle.

— Tu peux me redire ça pour voir ?

— Ça va, ça va... on se calme. Tout le monde a la trouille, Thomas, déclara Gabriel. Mais là on parle d'un dragon, pas d'un caniche enragé. Réfléchis, qu'est-ce qui va l'empêcher de venir la nuit brûler la ville et ta maison ? Ou de venir dans l'école ? J'ai pas l'intention de lui servir de goûter, figure-toi.

— Il a raison, dit Ézéchiel. On doit savoir s'ils sont parvenus à le tuer. Et s'ils échouent, on doit aussi pouvoir raconter ce qu'il s'est passé.

Thomas poussa un gros soupir.

– D'accord, d'accord, j'ai compris.

Un instant plus tard, ils redescendaient tous précipitamment les cent trente marches qu'ils avaient eu tant de mal à monter puis, une fois à l'intersection, Zoé les guida cette fois devant le tunnel du milieu, celui qu'elle avait catégoriquement refusé d'emprunter une heure plus tôt.

– T'es sûre que c'est le bon, cette fois ? demanda Ézéchiel en tournant la tête vers elle.

Elle acquiesça.

– Oui. C'est le chemin qui mène au dragon.

– Pousse-toi, Zoé. J'y vais en premier, annonça Ézéchiel en voyant que Zoé prenait la tête du groupe.

– Non, cette fois c'est mon tour, dit-elle en allumant sa lampe de poche avant de se diriger droit vers l'obscurité.

Zoé avança rapidement dans le tunnel. Il était étroit, elle entendait un bruit étrange, une espèce de « cric-crac-crounch » sous ses semelles, comme si elle écrasait d'affreux insectes en marchant. Mais elle s'en moquait. Elle seule était capable de sentir le danger, elle seule pouvait les prévenir à temps si quelque chose survenait.

— Zoé, est-ce que tu vois la sortie ? demanda Gabriel juste derrière elle.

— Non.

— Pouah, il y a une affreuse odeur ici ! Qu'est-ce que c'est ? s'exclama Morgane.

Les morts. Zoé savait qu'il y avait eu plein de morts ici. Mais elle se refusait à le dire pour ne pas les effrayer. Elle avançait, concentrée, l'esprit à l'affût et déterminée.

— Beurk, ça pue tellement que j'arrive même plus à respirer, gémit Thomas.

— Ouais, là il a raison, cette odeur est atroce ! déclara Ézéchiel.

Zoé ouvrait la bouche pour leur demander de se taire lorsqu'elle se figea brusquement.

— Qu'est-ce qu'il se passe, Zoé ? Pourquoi tu t'es arrêtée ? lui demanda aussitôt Gabriel.

— Chut ! Taisez-vous ! Laissez-moi écouter, se contenta-t-elle de répondre.

Elle sentait une présence. Une présence hostile. Animale. Dangereuse.

Lentement, elle leva sa lampe et la dirigea vers le plafond, et aperçut une gigantesque bestiole noire avec des énormes pattes et des yeux globuleux.

Zoé poussa un hurlement et la bête s'enfuit à toute vitesse.

— Qu'est-ce... qu'est-ce que c'était que ça ? demanda Gabriel d'une voix blanche.

— Je ne sais pas mais en tout cas, elle n'aime pas la lumière, balbutia Zoé.

— Qu'est-ce qu'il y a ? Qu'est-ce que vous avez vu, demanda Morgane.

— Une bête... on aurait dit une grosse araignée, répondit Gabriel.

— Grosse comment ? s'inquiéta tout de suite Thomas.

— Très grosse, dit Gabriel en déglutissant.

— Euh... on... on devrait peut-être faire demi-tour, suggéra Ézéchiel.

Zoé réfléchit. S'ils faisaient demi-tour, la bête les suivrait et elle était si rapide qu'elle n'aurait aucun mal à les rattraper. Non. Leur unique chance était de la faire reculer en éclairant le passage. La sortie n'était plus très loin. Elle le sentait. C'était l'affaire d'une ou deux minutes.

— Gabriel, donne-moi ta lampe de poche s'il te plaît, dit Zoé.

Gabriel la lui passa aussitôt. Zoé prit une lampe dans chaque main et se mit à éclairer le plafond et le sol, puis elle recommença prudemment mais rapidement à avancer.

— Tu es sûre de ce que tu fais ? demanda Gabriel.

— Elle ne supporte pas la lumière, je peux sentir sa peur d'ici, dit Zoé.

— Oui. Eh ben elle n'est pas la seule à avoir peur figure-toi, fit-il d'une voix étranglée.

Gabriel n'en revenait pas. Il avait toujours su que Zoé était intelligente et forte mais il ne la pensait pas capable de faire preuve d'autant de courage. Aucune des petites filles de dix ans qu'il connaissait ne possédait un tel sang-froid et il savait que la plupart des adultes, dans une telle situation, se seraient enfuis en courant.

— Ne t'inquiète pas, on y est presque, fit-elle en arrivant à un embranchement.

Il y avait un autre tunnel juste sur la gauche. En passant devant, Zoé tourna la tête et sentit que la bestiole s'était réfugiée là, qu'elle les guettait tapie dans le noir mais qu'elle était trop effrayée pour oser s'approcher.

Zoé dépassa le tunnel où elle s'était cachée et s'arrêta un peu plus loin.

— Tournez-vous, marchez à reculons et éclairez le passage au maximum. La bestiole est derrière nous maintenant ! cria Zoé en se retournant.

— Hein ? Quoi ? Comment ça « derrière nous » !!!? hurla Thomas qui se trouvait au bout de la file.

— Ézéchiel, donne-lui ta lampe de poche ! Thomas, éclaire le sol et le plafond. Elle ne t'approchera pas tant qu'il y aura de la lumière, ordonna Gabriel.

— Mes piles sont presque à plat, j'espère qu'elles vont tenir encore un peu, grimaça Ézéchiel en tendant sa lampe à Thomas.

— Non ! Non ! Mais pourquoi moi ? commença à pleurnicher Thomas tout en éclairant néanmoins le passage comme Gabriel le lui avait ordonné.

Zoé grimaça. Si Thomas paniquait et perdait son sang-froid, alors ils seraient tous en danger.

La lumière seule les protégeait de la bestiole et de sa morsure.

— Ça y est ! Ça y est, je vois la lumière ! annonça Zoé au bout d'une minute.

Les enfants poussèrent des exclamations de soulagement.

— Super ! s'écria Gabriel.

— Eh ben c'est pas trop tôt ! lança Ézéchiel.

— J'vais pas mourir ! J'vais pas mourir !!! s'exclama Thomas, soulagé.

Puis ils avancèrent presque en courant jusqu'à la sortie du tunnel qui se profilait à l'horizon.

Chapitre 18
La bataille

À l'extérieur du tunnel, dans la vallée, l'herbe était épaisse et molle. Les arbres, qui paraissaient si petits depuis la corniche, étaient en réalité gigantesques et touffus. Tout était vert, bouillant de vie, et la végétation semblait se moquer des saisons. Les arbres n'avaient pas perdu leurs feuilles. Rien ne laissait penser qu'on était en automne, bien au contraire : l'air était si frais et si doux qu'on pouvait se croire au printemps.

— Il est bizarre le temps ici, dit Morgane.

Gabriel acquiesça.

— Oui. On a l'impression d'être... je ne sais pas... dans un autre monde.

— Vous avez vu les arbres ? On est en automne mais regardez le sol, il n'y a pas une feuille morte, fit Ézéchiel en fronçant les sourcils.

Zoé hocha doucement la tête.

— Oui. C'est dû à la magie.

Tous les regards se tournèrent aussitôt vers elle.

— Qu'est-ce que tu veux dire ? demanda Morgane.

— Eh bien je veux dire que cet endroit n'est pas comme les autres, expliqua Zoé.

— Oui, ça on avait compris mais pourquoi as-tu parlé de « magie » ? insista Gabriel.

— Mais parce que je la sens dans ces arbres, dans ces plantes... partout. Elle est partout ici, répondit Zoé doucement.

Gabriel regarda sa sœur longuement puis poussa un soupir et dit en se tournant vers Thomas, Ézéchiel et Morgane :

— Bon, il faut retrouver le professeur Licantropus et les autres.

Gabriel avait à peine fini sa phrase qu'on entendit soudain un terrible rugissement.

— Ça vient de là-bas, c'est tout près, fit Zoé en tendant le doigt vers le nord.

Gabriel fronça les sourcils.

— Le combat a déjà commencé, dit-il d'un ton inquiet.

— Ça, fallait s'en douter, grommela Ézéchiel.

— Là ! Regardez au-dessus des arbres, il y a de la fumée ! s'écria soudain Thomas.

— On court ? demanda Zoé.

— On court, répondit Morgane.

— Oh non, non, ça recommence... Dites, on pourrait pas d'abord manger nos sandwichs ? J'ai faim, gémit Thomas en les regardant tous s'élancer sur le sentier.

La sortie du tunnel n'était pas très éloignée de l'endroit d'où provenaient les hurlements bestiaux. Les enfants mirent à peine quelques minutes pour retrouver le directeur et toute la clique mais ils se figèrent littéralement sur place en arrivant.

Jamais, au grand jamais ils n'avaient imaginé tomber sur un spectacle aussi terrifiant.

Une partie des arbres autour de la clairière où se déroulait l'affrontement entre les créatures magiques et le dragon était en feu. Le directeur s'était transformé en un énorme loup blanc. Accroché au dos du dragon, il lacérait la bête et creusait d'énormes sillons sanglants dans sa carapace tandis que la frêle Mme Elfie essayait vainement de perforer les yeux du monstre avec les flèches magiques des elfes et que M. Plexus, le nain des montagnes, perçait les flancs du dragon à coups d'épée.

Mme Cranechauve, le troll, était étendue plus loin avec sa massue sur le sol. Elle avait l'air d'avoir perdu connaissance et Mme Laurence, l'infirmière-sorcière, tentait vainement de la ranimer.

— Wouah, ils m'ont l'air mal barrés, dit Gabriel.

Le dragon était gigantesque. Il mesurait au moins vingt mètres de long et six de haut. Ses assaillants ressemblaient à de minuscules fourmis à côté de lui. Le combat paraissait en effet terriblement inégal.

— Oh oh, pas bon... balbutia Ézéchiel tandis que Thomas s'était comme pétrifié sur place.

— Thomas ! Ne reste pas là ou il va te voir, espèce d'idiot ! murmura Morgane en le tirant par le bras et l'entraînant avec les autres derrière un amas de rochers.

Zoé tourna la tête vers Gabriel et chuchota en s'accroupissant près de lui :
— D'accord, et qu'est-ce qu'on fait maintenant ?
— Je... je veux... partir... lâcha Thomas en tremblant de tous ses membres.
— C'est pas une mauvaise idée, ajouta Ézéchiel vert de peur.
— Où est M. Popescu ? demanda Morgane en balayant la clairière du regard.

Zoé tendit le bras vers un arbre un peu plus loin.
— Il est blessé, je peux le sentir d'ici.
— Tu peux sentir M. Popescu ? s'étonna Morgane.
— Non, pas lui. Sa douleur, précisa Zoé.

Morgane aimait bien son professeur. Qu'il soit un walligow ou non. Aussitôt elle se précipita discrètement vers l'endroit que Zoé lui avait indiqué et retrouva M. Popescu allongé et ensanglanté. Il n'avait plus qu'une seule aile. L'autre avait été arrachée.
— Mor... Morgane ? Mais qu'est-ce que... qu'est-ce que tu fais ici ? gémit-il tandis qu'elle lui soulevait doucement la tête.

— On est venus avec des camarades pour voir comment vous alliez vous en sortir, répondit-elle.

— Vous... vous ne devez pas rester ici, c'est... c'est beaucoup trop dangereux, souffla-t-il en grimaçant de douleur.

— Vous non plus, vous ne devriez pas être ici. Les walligow sont comme des papillons, doux et gentils, vous n'êtes pas comme le directeur ou les autres, soupira Morgane en ouvrant son sac à dos pour y prendre le désinfectant, les compresses et les pansements qu'elle avait prudemment emmenés.

Le feu se rapprochait. Elle devait faire vite. La fumée noire et âcre lui brûlait les yeux et les narines.

— Morgane, ne reste pas là ! C'est trop dangereux, cria Zoé en la rejoignant.

— On ne peut pas le laisser ici, il est blessé, répondit-elle.

Zoé leva la tête. Le combat entre la bête et les créatures était plus acharné que jamais. Le sol tremblait. Les hurlements du loup-garou se mêlaient aux grondements furieux du dragon, les sifflements de fureur de l'elfe au bruit de ses flèches et les grognements du nain à ses violents coups d'épée.

— Tu as raison. Il nous faut de l'aide, dit Zoé en faisant signe aux garçons, qui se trouvaient toujours derrière les rochers.

— Zoé a besoin de nous, dit aussitôt Gabriel en se tournant vers Thomas et Ézéchiel.

— Hein ? Ah non, non, non, pas question que je bouge d'ici, déclara Thomas en grimaçant.

Ézéchiel inspira profondément et hocha la tête.

— D'accord, je viens avec toi.

— Vous n'allez pas me laisser seul, hein ? dit Thomas en les suppliant du regard.

— Les filles ont besoin de nous, répéta sèchement Gabriel.

— Les filles, les filles, pff... je vois vraiment pas ce que vous leur trouvez ! C'est nul les filles ! gémit Thomas.

Gabriel et Ézéchiel ne prirent même pas la peine de lui répondre et s'élancèrent hors de leur cachette.

— Pff... d'accord, on y va, mais si je meurs ce sera de votre faute et puis c'est tout ! râla Thomas avant de les suivre en courant.

Les trois garçons s'étaient déplacés à la vitesse de l'éclair mais pas assez vite pour échapper au regard perçant du dragon. La bête était miraculeusement parvenue à se débarrasser du loup et M. Plexus et Mme Elfie s'étaient momentanément éloignés pour échapper aux flammes.

Le dragon se dirigeait maintenant vers l'endroit où Zoé, Gabriel et les autres se trouvaient.

— Il vient vers nous ! Il vient vers nous, hurla Thomas tandis que ses camarades soulevaient M. Popescu pour l'emmener loin du brasier.

— Thomas, aide les autres à porter M. Popescu, je vais distraire le dragon ! cria aussitôt Gabriel.

Zoé lui jeta un regard horrifié.

— T'es fou ?

— C'est notre seule chance, Zoé ! fit Gabriel. Emmenez-le ! Vite !

Zoé, Gabriel, Thomas et Morgane obtempérèrent aussitôt et s'enfuirent aussi vite que leurs forces et le poids de M. Popescu le leur permettaient.

Gabriel les regarda s'éloigner un instant et, tournant de nouveau la tête, il s'aperçut que la bête était maintenant si près de lui qu'il pouvait pratiquement voir la forme de ses écailles, sentir le souffle de ses ailes et la morsure de son haleine brûlante dans sa nuque et son dos.

— Gabriel ! Ne reste pas là ! hurla soudain une voix derrière lui.

Il pivota et vit Mme Laurence et Mme Cranechauve qui couraient vers lui. Le troll brandissait sa massue et la sorcière tenait une fiole à la main.

Chapitre 19
Elzmarh

La carapace du dragon bougeait et ondulait. Ses immenses yeux d'or aux pupilles noires et verticales glaçaient Gabriel d'effroi et le tétanisaient. Gabriel devait se sauver, mais au lieu de courir il restait planté là, trop effrayé pour bouger.

— Gabriel ! Sauve-toi ! hurla Mme Laurence en jetant sa fiole sur le dragon.

La bête poussa un grognement de douleur et cracha un jet de feu sur la sorcière, qui réussit à l'éviter de justesse. Puis Mme Cranechauve sauta sur le dos du dragon et abattit sa massue sur l'énorme crâne de la bête. Mais sa peau était épaisse et le dragon rapide. D'un mouvement vif et violent, il se cambra et propulsa le troll quelques mètres plus loin.

— Gabriel !!!

Gabriel tourna la tête et vit Zoé qui se tenait debout entre deux arbres. Elle lui faisait de grands signes de la main.

— Zoé, ne reste pas là ! cria-t-il en voyant le dragon tourner la tête en direction de sa petite sœur.

Gabriel retrouva d'un coup tout son courage. Il n'était pas question qu'il laisse cette bête immonde faire du mal à Zoé. Non, pas question.

— Ne la regarde pas elle ! Regarde-moi ! C'est moi que tu veux ! Alors attrape-moi ! hurla Gabriel à la bête avant de courir à toute vitesse vers un gros rocher.

Le dragon suivit Gabriel du regard mais il resta immobile. Ce garçon intriguait la bête. Il émanait de ce petit humain quelque chose d'étrange et de familier. Quelque chose que le dragon n'avait pas senti depuis très longtemps et qui n'avait rien à voir avec le courage stupide dont ce gamin faisait preuve.

Il fixa ses yeux de braise sur le rocher derrière lequel Gabriel s'était réfugié et avança lentement. L'enfant s'était caché, il ne le voyait pas et pourtant Elzmarh pouvait pratiquement entendre chacune des pensées de Gabriel. Comme s'il lui parlait. « Je vais mourir, il va me brûler, me dévorer... Zoé... pourvu que Zoé ne voie pas ça... » songeait l'enfant.

— Sors de là fils d'Emwyn, gronda la bête en penchant sa tête au-dessus du rocher.

Gabriel leva les yeux et croisa ceux du dragon qui le fixaient. Elzmarh laissa à l'enfant le soin de le contempler. Gabriel s'attendait à voir à nouveau ce regard froid, glaçant et bestial qu'il avait vu chez la bête un instant plus tôt mais ce qu'il vit cette fois dans ses yeux fut différent. Les yeux du dragon n'étaient plus ceux d'un monstre, ils ne reflétaient plus la haine ou la colère mais le scrutaient avec curiosité et intérêt.

— Alors ? J'attends...

Gabriel déglutit. Il n'avait pas rêvé. Le dragon lui avait parlé. La bête *parlait*. Et elle s'adressait à lui. Mais pas de la façon dont les humains communiquaient entre eux. Non. La voix grave, ancienne et puissante du dragon résonnait dans sa tête.

Rassemblant tout son courage, Gabriel prit une grande inspiration puis il sortit de sa cachette, le cœur battant à tout rompre.

— Que viens-tu faire en ce lieu, fils d'Emwyn ? Tiens-tu donc tant que cela à mourir ? demanda le dragon.

Gabriel fronça les sourcils. Pourquoi le dragon l'appelait-il « fils d'Emwyn » ? Était-ce sa façon d'appeler les enfants ? Le prenait-il pour quelqu'un d'autre ?

Il se posait plein de questions, cherchant quoi répondre à la bête, quand le rire du dragon résonna dans sa tête.

— Qui... qui est Emwyn ? balbutia Gabriel.

Zoé regardait la scène de loin, les yeux ronds comme des soucoupes. Elle avait cru l'espace d'un instant que c'en était fini de Gabriel et que le monstre allait le brûler sur place ou le dévorer mais la bête avait visiblement d'autres projets. Le dragon restait calme, il fixait Gabriel, et Zoé sentait qu'il se passait quelque chose entre eux.

— Tu n'as jamais entendu parler du magicien-gardien ? demanda la bête d'un ton réprobateur.

Gabriel déglutit. Son père lui avait souvent parlé de magie et de tous ces lieux merveilleux qu'il visitait durant ses voyages mais jamais il ne lui avait parlé de cet « Emwyn » auquel le dragon faisait allusion.

— Un magicien ?

Elzmarh poussa un grognement mécontent.

— Emwyn était le plus grand sorcier que cette terre ait connu. Et le protecteur et le guide de ceux de mon espèce.

— D'accord... mais pourquoi m'appeler « fils d'Emwyn » ? demanda Gabriel.

Le dragon approcha son énorme museau tout près du visage de Gabriel et inspira bruyamment avant de répondre.

— Son sang... tu as l'odeur de son sang et de sa magie...

Gabriel cligna les yeux, interloqué. Hein ? Quoi ? La magie ? Impossible. Le dragon devait se tromper. Gabriel n'avait aucun pouvoir, c'était un garçon comme tous les autres.

— Vous... vous trompez, je ne suis pas un magicien.

Elzmarh poussa un rugissement contrarié en entendant les pensées et les doutes de Gabriel. Le garçon n'était visiblement au courant de rien. Il ignorait qui il était et ce dont il était capable. Il n'avait reçu ni préparation ni formation.

— Crois-tu que je pourrais percevoir tes pensées et que tu me comprendrais si ce n'était pas le cas ? demanda le dragon.

— Vous... vous voulez dire que les autres ne peuvent pas vous entendre ?

— Ni les humains, ni les créatures magiques ne peuvent me comprendre, seuls les fils d'Emwyn en sont capables, répondit le dragon.

Gabriel était perdu. Il ne savait pas quoi penser. Si c'était vrai, pourquoi son père et sa mère ne lui en avaient-ils pas parlé ? S'il était vraiment un magicien comme le prétendait le dragon, alors pourquoi ne s'en était-il pas aperçu ? Après tout, les magiciens étaient très puissants, il aurait dû se sentir différent, il aurait dû être capable de faire des choses extraordinaires.

— Mais si je suis un magicien, pourquoi n'ai-je aucun pouvoir ?
— Aucun pouvoir ? C'est vraiment ce que tu crois ? s'esclaffa le dragon.

Un peu plus loin, M. Licantropus et les autres se regroupaient et préparaient leur prochaine attaque, tout en observant la scène d'un air estomaqué. Ils entendaient Gabriel parler et avoir un étrange échange avec le dragon. La bête n'était pas du tout menaçante à son égard, bien au contraire. Et l'enfant semblait parfaitement à l'aise avec elle.

— Ben oui.
— Un conseil : oublie ces humains stupides et ignorants et retourne vers les tiens, fils d'Emwyn.

Gabriel fronça les sourcils.
— Les miens ?

Le dragon le fixa de son regard perçant et il baissa son énorme tête vers Gabriel. Une lueur rouge s'alluma alors dans ses yeux, puis un souffle de fumée blanche s'échappa de sa gueule et Gabriel sentit une étrange chaleur l'envahir et une lumière émaner de sa main.

— Mais... mais... qu'est-ce qu'il m'arrive ? balbutia Gabriel en regardant la lumière luire à travers sa paume puis disparaître brusquement.

— Tu le découvriras bien assez tôt. Je dois te laisser maintenant, fils d'Emwyn, fit le dragon en déployant ses ailes.

— Elzmarh ! Attendez ! hurla Gabriel.

— Retourne chez toi et avertis tes amis de ne plus s'approcher de mes terres ou je réduirai cette ville en cendres.

— Mais... ils... ils n'avaient pas le choix. Vous... vous avez dévoré Charles, protesta Gabriel malgré la peur qu'il ressentait.

— Charles ? demanda le dragon d'un ton surpris.

— Un garçon de mon âge, l'autre jour dans le lac...

Elzmarh poussa un grondement.

— Maigre pitance à vrai dire.

Gabriel serra les poings.

— C'était un garçon très gentil.

— Tu m'en vois navré mais c'est ce que font les dragons quand on pénètre sur leur domaine.

Le lac, les grottes et cette vallée m'appartiennent. Dis-le-leur.

Gabriel se mordit les lèvres.

— Je le ferai mais je ne suis pas sûr que cet arrangement leur convienne.

Le dragon poussa un énorme et effrayant rugissement.

— Alors ils mourront. Ils mourront tous. Adieu fils d'Emwyn.

Puis il s'envola et disparut au loin dans le ciel.

Chapitre 20
Une franche explication

À peine le dragon avait-il disparu que Zoé, Mme Cranechauve et tous les autres se précipitaient vers Gabriel.

— Gabriel ! On peut savoir ce que tu fais ici ? gronda Mme Cranechauve en s'appuyant sur sa massue comme sur une canne.

Puis elle se tourna vers Zoé.

— Zoé, tu me déçois beaucoup, jeune fille.

— Mme Cranechauve a raison, vous auriez pu vous faire tuer tous les deux ! les réprimanda Mme Laurence d'un ton sévère.

M. Licantropus, toujours sous sa forme de loup, retroussa ses babines et émit un grondement menaçant tandis que le gardien, M. Plexus, fronçait les sourcils d'un air mécontent.

Gabriel poussa un soupir.

– On ne voulait pas se mettre en danger... on voulait juste voir ce qu'il allait se passer, avoua-t-il.

– Où est le professeur Popescu ? demanda Mme Elfie d'une voix inquiète en balayant la clairière du regard.

Étrangement, le feu ne s'était pas propagé à toute la forêt comme Gabriel et Zoé le craignaient. Mais il y avait beaucoup de fumée et ils avaient tous du mal à respirer.

– Le professeur est blessé. On l'a emmené près du ruisseau, répondit Zoé.

Mme Elfie plissa les yeux.

– « On » ? Comment ça « on » ?

– Ben Morgane, Thomas, Ézéchiel et moi, avoua Zoé la gorge serrée.

– Bon sang mais que vous est-il donc passé par la tête ! Vous êtes tous devenus fous ou quoi ? hurla Mme Cranechauve.

Mme Laurence, l'infirmière, poussa un gros soupir puis se tourna vers Zoé.

— Je dois voir M. Popescu. Montre-moi le chemin.

Zoé jeta un regard à Gabriel puis fit volte-face et s'éloigna avec l'infirmière en direction du ruisseau tandis que M. Licantropus courait à quatre pattes vers les bois.

— Bien, alors à nous maintenant. Qu'est-ce qu'il vous a pris de venir jusqu'ici ? Comment avez-vous fait ? grommela M. Plexus.

Gabriel baissa la tête.

— On vous a suivis.

— Eh bien c'est du joli ! gronda Mme Cranechauve.

— Qu'est-ce que vous faisiez à l'école ? demanda Mme Elfie.

— On surveillait le lac à cause du monstre, expliqua Gabriel.

Mme Cranechauve, M. Plexus et Mme Elfie échangèrent un regard contrarié.

— Les monstres ne sont pas l'affaire des enfants, déclara sèchement M. Plexus.

Mme Cranechauve dévisagea Gabriel.

— Comment avez-vous su pour le dragon ?

— Les visions de Zoé, je suppose ? fit soudain M. Licantropus en surgissant près d'eux. Le directeur avait repris forme humaine et avait remis à la hâte ses vêtements.

Gabriel hocha la tête.

— Oui, Monsieur.

Mme Cranechauve haussa les sourcils.

— Zoé a des visions ?

Encore une fois, le directeur répondit à la place de Gabriel.

— Et ce n'est pas son seul don, fit le directeur.

— Vous voulez dire que Zoé était au courant pour nous tous ? demanda Mme Elfie.

— C'est ce que je pense, en effet, pas vrai Gabriel ? dit le loup-garou en lui lançant un regard appuyé.

Gabriel acquiesça.

— Oui, Monsieur, ça fait longtemps. Mais jusque-là, elle avait toujours gardé le secret. Elle n'en avait parlé à personne.

Mme Cranechauve esquissa un sourire.

— Je savais bien qu'elle était intelligente cette petite...

— Nous non plus nous ne dirons rien, déclara immédiatement Gabriel pour les rassurer.

Si les habitants réalisaient que les enseignants de l'école n'étaient pas tout à fait humains, ils pouvaient prendre peur et alors Dieu seul savait ce qu'ils feraient...

— C'est très gentil à vous, Gabriel, et nous vous en remercions, dit M. Licantropus.

— Oui mais ça ne nous dit toujours pas ce qu'il s'est passé avec le dragon, bougonna M. Plexus.

— Il a raison. Nous t'avons entendu lui parler, dit Mme Cranechauve.

Gabriel se rembrunit. D'un côté il était important qu'il délivre le message du dragon mais de l'autre, il était bien ennuyé parce qu'il n'avait pas du tout envie de leur avouer ce qu'Elzmarh lui avait révélé.

— Il... il m'a demandé de vous avertir que si vous ne quittez pas son territoire, il détruira la ville, se contenta-t-il donc de répondre.

M. Licantropus haussa les sourcils.

— Donc il t'a bien parlé et tu as compris ce qu'il disait ?

Gabriel esquissa un rictus amusé.

— Oui, pourquoi, pas vous ?

Le directeur et les autres s'entre-regardèrent longuement puis M. Licantropus fronça les sourcils.

— Gabriel, il n'existe pratiquement personne en ce monde capable de comprendre la langue de ces monstres.

— Ce n'est pas un monstre ! C'est un dragon ! gronda Gabriel d'un ton acide.

— Bien sûr que si c'est un monstre, petit idiot ! grogna M. Plexus.

— Non ! C'est une créature ancienne, magique et terrible mais il n'est pas ce que vous dites ! protesta Gabriel en relevant le menton d'un air féroce.

Gabriel ne comprenait pas ce qui le poussait à défendre Elzmarh ni pourquoi il se mettait dans une telle colère. Après tout, la bête avait fait des choses affreuses et encore quelques minutes plus tôt, le dragon le révulsait et lui faisait une peur bleue, mais c'était plus fort que lui. Il sentait le besoin compulsif de le protéger.

M. Licantropus le dévisagea soudain avec beaucoup d'attention.

— Gabriel, tu dois comprendre... Ce dragon a tué un de tes camarades, blessé M. Popescu et tenté de noyer un autre élève de l'école. Nous ne pouvons pas le laisser continuer.

— Je sais et je trouve ça affreux mais il n'a fait que défendre son territoire. Si personne ne s'approche plus du lac, il nous laissera tranquilles, répondit Gabriel avec entêtement.

— Comment peux-tu en être sûr ? demanda doucement le directeur.

— C'est ce qu'il m'a dit, rétorqua Gabriel.

— Et tu crois cette bête immonde ? grogna M. Plexus d'un ton furieux.

Gabriel prit quelques secondes de réflexion. Le dragon était là depuis quelques semaines mais il ne s'était attaqué ni à la ville ni aux troupeaux. Il n'avait cherché querelle à personne. Seulement à défendre les frontières de son territoire.

— Oui, répondit Gabriel.

— C'est ridicule ! On ne va tout de même pas se fier à un enfant ! gronda de nouveau M. Plexus.

— Nous n'avons pas le choix. Si nous ne partons pas, le dragon fera ce qu'il a dit. Il détruira la ville, remarqua Mme Elfie en replaçant son arc sur son dos.

— Alors tuons-le ! s'écria M. Plexus.

Le visage du nain des montagnes était rouge de colère et de frustration.

Le directeur secoua la tête.

— La bête est puissante. Elle s'est amusée avec nous. Ses flammes étaient courtes, mesurées. Elle aurait pu tous nous tuer.

Mme Elfie opina lentement.

— Il a raison. La vie de milliers de gens est entre nos mains. Que se passera-t-il si nous échouons ?

Mme Cranechauve posa sa main sur le bras de M. Plexus.

— Laissons-lui une chance, Magur. Si Gabriel dit vrai, nous pouvons peut-être cohabiter...

Le nain grimaça et se mit presque à hurler.

— Les dragons sont tous des monstres, des menteurs et des traîtres ! Savez-vous combien de victimes ils ont faites parmi les miens durant ces derniers siècles ? Vous ne pouvez pas vous fier à eux !

Mme Cranechauve lui sourit.

— C'était une autre époque, Magur. Aujourd'hui, les dragons ne font plus guère parler d'eux. Certains d'entre eux ont même appris à vivre à nos côtés, comme à Gazmoria.

Gabriel sursauta. Ainsi son père avait dit vrai. Il y avait bien des dragons à Gazmoria.

— Oui ! Grâce à ce sorcier de malheur, mais vous verrez, vous verrez ce qu'il arrivera quand il ne sera plus là, répondit le nain, furieux.

Le sorcier ? Se pouvait-il que ce soit le magicien que ses parents étaient allés chercher ? Le sorcier de Gazmoria qui était censé combattre Malenfer et tous les délivrer ? se demanda Gabriel.

M. Licantropus se mit curieusement à sourire.

— À ta place, je ne serais pas aussi inquiet, Magur. Quelque chose me dit que Batavius, magicien lune et gardien des terres de Gazmoria, aura peut-être bientôt un héritier.

— Ça ça m'étonnerait ! cracha le nain avec dégoût.

— Qui sait, Magur ? Qui sait ? fit le directeur en fixant Gabriel d'une manière étrange.

Puis il tapa amicalement dans le dos du nain et ajouta :

— Allez, allons voir comment se porte ce cher professeur Popescu et rentrons chez nous.

Chapitre 21
Un secret bien gardé

C'était le dernier jour des vacances. Gabriel et Zoé étaient en train de terminer leurs devoirs sur la grande table en bois de la salle à manger. Zoé grignotait son crayon à papier tandis que Gabriel essayait désespérément de se concentrer et de ne pas penser à la forêt de Malenfer qui s'était encore rapprochée d'une bonne vingtaine de mètres ces derniers jours. Ses arbres maudits dévalaient maintenant une partie de la colline. Encore quelques semaines et ils parviendraient à la clôture qui entourait le jardin.

— Tu crois que M. Popescu sera remis de ses blessures et qu'il reviendra pour la rentrée ? demanda Zoé en levant subitement les yeux vers son frère.

Gabriel haussa les épaules.

— Tu as entendu ce qu'a dit Mme Laurence : les ailes des walligows repoussent au bout de quelques jours...

— Elle a aussi dit que ça les faisait beaucoup souffrir, soupira Zoé avec compassion.

Cela faisait deux semaines maintenant que les enfants ressassaient sans arrêt ce qu'il s'était passé dans la vallée magique et leur rencontre avec Elzmarh. Morgane, Ézéchiel et Thomas leur avaient rendu plusieurs fois visite durant les vacances.

— Il s'en remettra. Ne t'en fais pas, fit Gabriel avec un sourire rassurant. Et puis, ça aurait pu être pire. Elzmarh aurait très bien pu le tuer.

Zoé planta ses yeux dans ceux de son frère.

— Tout comme toi. Pourquoi est-ce que tu refuses de me raconter ce qu'il s'est passé entre cette bête et toi ?

Gabriel haussa les épaules.

— Que veux-tu que je te dise ? Il m'a laissé en vie, c'est tout.

Zoé leva les yeux au ciel.

— Et c'est tout ? Vraiment ?

Gabriel détourna le regard d'un air gêné. Bien sûr, il avait confiance en Zoé. Il savait qu'elle gardait les secrets, qu'il pouvait se confier à elle et qu'elle ne dirait jamais rien à personne, mais quelque chose au fond de lui l'empêchait de parler.

— Je sais mais...

Il s'interrompit et soupira.

— ... Mais tu ne veux pas me le dire, termina Zoé en fronçant les sourcils.

— Non, pas pour le moment, admit Gabriel.

Zoé dévisagea longuement son frère puis sourit.

— Très bien. Je comprends.

Gabriel haussa les sourcils, étonné.

— C'est vrai ?

Le sourire de Zoé s'élargit.

— Ben évidemment. Bon, tu me fais réciter ma poésie ?

— Pour quoi faire ? Tu la connais déjà par cœur, remarqua Gabriel d'un ton amusé.

Le lendemain matin, Zoé se réveilla la première. Elle alla prendre sa douche puis sortit chercher des œufs dans le poulailler pour préparer le petit déjeuner de Gabriel. Elle en avait assez de le voir partir le ventre vide à l'école. Elle ne voulait plus qu'il se sacrifie pour elle. Elle se sentait forte, oui, incroyablement forte depuis ce qu'il s'était passé dans la grotte et avec le dragon. Elle n'avait plus peur. Oh bien sûr, elle craignait toujours Malenfer et sa terrible malédiction mais la trouille ne lui tordait plus le ventre comme avant. Maintenant, elle savait ce dont elle était capable. Elle savait qu'au fond d'elle vivait une autre Zoé. Une Zoé plus sûre d'elle et plus courageuse. Elle ne craignait plus les moqueries de ses camarades d'école. Ils pouvaient bien continuer à la rejeter et à l'insulter, elle ne les laisserait plus jamais la blesser. Jamais.

— Tu m'as l'air de bonne humeur ce matin, remarqua Gabriel en regardant Zoé lui servir ses œufs brouillés.

— Oui. Je suis contente de retourner à l'école, je commençais à m'ennuyer, fit-elle en s'asseyant sur sa chaise.

— Toi ? Tu es contente d'aller à l'école ? demanda Gabriel, surpris.

Elle lui sourit.

— Et pourquoi pas ?

Gabriel la dévisagea, interloqué, puis haussa les épaules.

— Tu as changé, Zoé.

Elle le dévisagea un long moment puis planta son regard dans celui de son frère.

— Quelque chose me dit que je ne suis pas la seule.

Gabriel se mit à rire puis il avala ses œufs brouillés de bon cœur. Zoé avait raison. Il se sentait différent lui aussi. Il ne savait pas ce dont il s'agissait mais il sentait qu'il s'était produit quelque chose dans la vallée magique. Non. S'il y réfléchissait davantage, ce changement avait commencé un peu avant sa rencontre avec le dragon. Quand il avait ouvert ce livre bizarre caché dans la bibliothèque de son père.

— Ouille ! Regarde ! Je crois qu'on a intérêt à se dépêcher si on ne veut pas louper le baétron, lui fit remarquer Zoé en regardant l'écureuil de l'horloge gesticuler dans tous les sens.

Gabriel grimaça.

— Quel rabat-joie ! Un jour je lui couperai les pattes à celui-là, lança Gabriel en fixant si intensément l'écureuil que la pauvre bête poussa un couinement affolé et courut se cacher au bas de l'horloge.

— Tu n'aurais pas dû lui faire peur, maintenant il ne va plus oser sortir pendant des jours, soupira Zoé.
— Ça va, ça va, je plaisantais, répliqua Gabriel en riant avant de se lever de sa chaise et d'attraper son blouson.

Lorsque Zoé et Gabriel arrivèrent à l'école, ils retrouvèrent Morgane, Ézéchiel et Thomas qui les attendaient devant la grille.

Comme à son habitude, Thomas avait l'air renfrogné et boudeur mais Ézéchiel était souriant et Morgane relisait ses leçons.

— Ah, vous voilà enfin ! lança aussitôt Thomas en les voyant s'approcher.

Gabriel lui sourit.

— On t'a manqué ?

— Euh, ouais mais... t'as fait ton devoir de maths ? Je suis pas très sûr du résultat que j'ai trouvé pour le dernier exercice...

— Pff... c'était pourtant pas très compliqué, remarqua Morgane en levant la tête de son cahier.

— Oh ça va hein ! Je demande juste à vérifier. Si j'ai une mauvaise note, ma mère va encore râler, grommela Thomas en lui lançant un regard noir.

— Eh bien maintenant on sait de qui tu tiens ta nature si enjouée ! lança Morgane d'un ton amusé.

Les autres s'esclaffèrent et Thomas devint tout rouge.

— Je comprends vraiment pas ce qu'elle fait avec nous... Les filles ça craint...

— Tu dis ça parce qu'aucune fille ne s'intéresse à toi, lui fit remarquer Zoé.

— C'est pas vrai !

— Si c'est vrai ! D'ailleurs c'est dommage que tu sois si grognon parce que t'es plutôt mignon...

Cette fois, Thomas devint cramoisi.

— Tu... tu me trouves « mignon » ?

Zoé haussa les épaules.

— Ouais...

Thomas déglutit et baissa la tête en fixant ses chaussures d'un air gêné tandis que Morgane ajoutait d'une voix malicieuse :

— Mais t'es aussi trouillard et pas sympa.

— Hé, regardez ! Il y a le directeur et M. Popescu là-bas ! fit tout à coup Ézéchiel en montrant du doigt l'autre côté de la grille.

Le visage de Gabriel s'éclaira aussitôt.

— Chouette ! Le prof est guéri !

— Je t'avais dit que ses ailes repousseraient, approuva Zoé en souriant à son frère.

Morgane acquiesça.

— Pendant les vacances, je suis allée à la bibliothèque et j'ai lu plein de livres sur les créatures magiques, dit-elle.

— Pour quoi faire ? s'étonna Ézéchiel.

— Ben pour mieux les comprendre pardi ! Vous vous rendez compte que la plupart d'entre elles ne se fréquentent pas d'habitude ? Je veux dire, c'est très rare qu'un loup soit ami avec un walligow, une sorcière, un nain... et encore plus qu'ils combattent ensemble, répondit Morgane.

— On ne devrait pas parler de ça... je veux dire, on n'a pas décidé de faire comme si de rien n'était ? demanda Thomas.

— Si, si... mais c'est juste que je trouve ça fascinant, répondit Morgane.

— Ça l'est. Mais Thomas a raison. On doit agir comme s'il ne s'était jamais rien passé, dit Gabriel d'un ton sérieux. Bon, on y va ? La cloche va bientôt sonner.

Chapitre 22
Le magicien

Une semaine plus tard...

Zoé et Gabriel s'étaient couchés tôt. Mais en dépit de la fatigue, Zoé n'était toujours pas parvenue à s'endormir. Elle tournait et se retournait dans son lit en essayant de lutter contre l'étrange sensation qui l'envahissait. Elle ne se sentait pas mal, elle n'était pas angoissée ni effrayée, comme ça arrivait parfois lorsqu'elle s'apprêtait à avoir l'une de ses étranges visions mais elle se sentait curieusement excitée. Trop excitée pour rester allongée.

— Zoé, tu veux bien arrêter de remuer ? J'arrive pas à dormir, grommela Gabriel au bout d'un moment.

— Désolée Gaby, c'est juste que... je sais pas, je me sens toute bizarre...

Gabriel alluma aussitôt sa lampe de chevet.

— Comment ça « bizarre » ? demanda-t-il avec inquiétude.

— Ben je sais pas... je me sens nerveuse...

Gabriel soupira.

— C'est à cause de Malenfer ?

— Non, non... je ressens... tu sais, c'est comme quand je vais fêter mon anniversaire, que je ne peux pas dormir et que je me demande ce que papa et maman m'ont acheté et tout ça...

Grabriel fronça les sourcils.

— Tu veux dire que tu te sens impatiente ?

Zoé réfléchit. Oui. « Impatiente » était le bon mot. Elle avait hâte que quelque chose arrive mais quoi ?

Elle hocha la tête.

— Oui.

— Cool. Ça veut peut-être dire que pour une fois il va se passer quelque chose de bien ?

Zoé prit de nouveau une ou deux secondes de réflexion pour analyser ce qu'elle ressentait puis acquiesça.

— Oui, je crois que oui.

— Eh bien au moins ça nous changera...

Malenfer avait presque atteint la clôture du jardin. Bientôt les enfants devraient partir. Où ? Ils n'en avaient aucune idée mais ils avaient préparé des valises et Morgane leur avait proposé de stocker discrètement quelques cartons dans la remise de ses parents. Le temps que Zoé et Gabriel trouvent un nouvel endroit où habiter. Mais Gabriel ne se faisait aucune illusion : une fois que les adultes seraient informés de la disparition de leurs parents, la vie de Zoé et de Gabriel risquait de rapidement se transformer en véritable enfer et ils les obligeraient probablement à quitter la région pour rejoindre l'un des affreux foyers pour orphelins qui pullulaient dans les grandes villes.

Un peu plus tard dans la nuit, Gabriel et Zoé furent réveillés en sursaut par le nez-sonnette (un minuscule visage de caoutchouc qu'on clouait sur la porte et qui, quand on lui pinçait le nez, poussait un cri strident).

— Tu as entendu ? demanda Zoé en fronçant les sourcils.

Gabriel hocha la tête.

— Oui.

Zoé grimaça.

— Qu'est-ce qu'on fait ?

Gabriel haussa les épaules.

— Ben on va ouvrir.

— T'es sûr ?

— Pourquoi ? Tu sens quelque chose de bizarre ?

Zoé réfléchit. Bizarre, oui. Sans aucun doute. Mais de dangereux, non. La personne qui sonnait à leur porte paraissait... « singulière » mais ses intentions ne semblaient pas mauvaises. Bien au contraire.

Zoé secoua la tête.

— Bon, alors j'y vais, fit Gabriel en ouvrant la porte.

— Gabriel, attends, fit Zoé en enfilant sa robe de chambre.

— Reste là et ne bouge pas.

— Pas question. Je viens avec toi...

— Non, Zoé.

Mais Zoé ne l'écoutait pas. Elle descendait déjà les escaliers d'un pas rapide et léger.

Gabriel la rattrapa en bas des marches puis avança vers la porte et l'ouvrit prudemment.

— Puis-je entrer, mon garçon ? Les nuits sont fraîches sur vos terres.

Gabriel baissa la tête et croisa le regard pâle et étrange d'un tout petit homme mesurant à peine un mètre, doté d'une longue barbe blanche et d'une cape bleu nuit qui lui descendait jusqu'aux pieds. D'une main, l'homme tenait un bâton lui servant de canne et de l'autre, une cage à oiseau dans laquelle se trouvait un immense corbeau.

— Entrer ? fit Gabriel d'un ton stupéfait.

Le petit homme dodelina de la tête puis voyant que Gabriel ne réagissait pas, il poussa un soupir en le contournant et pénétra dans la maison.

— Viens Dagut, allons nous réchauffer, dit-il à l'oiseau avant de pivoter vers Gabriel qui l'observait, l'air estomaqué.

— J'ai faim. Qu'as-tu prévu pour dîner ?

— Euh... c'est que nous sommes au beau milieu de la nuit, expliqua Gabriel un peu déstabilisé.

Le petit homme renifla bruyamment.

— Comment ça ? Les visions de ta sœur ne t'ont pas averti de mon arrivée ? demanda-t-il en lançant un regard réprobateur à Zoé qui hoqueta de surprise.

— Les visions de ma... ? Mais comment savez-vous que Zoé a des visions ? Qui êtes-vous ? gronda Gabriel.

— Je sais beaucoup de choses mon garçon, oui, beaucoup de choses, fit le petit homme d'un ton malicieux avant de s'asseoir sur une chaise posée devant la table. Alors, ce dîner ?

Gabriel fronça les sourcils d'un air mécontent tandis que Zoé s'esclaffait puis lui lançait :

— Je vais aller chercher du fromage et du pain.

— Du fromage et du pain ? Mais Zoé, on ne sait même pas qui c'est ! protesta Gabriel en lui jetant un regard surpris.

— Et alors ? Peu importe ! On ne va tout de même pas le laisser mourir de faim, rétorqua Zoé en s'éloignant vers la cuisine.

Le vieil homme se tourna vers l'oiseau.

— Elle me plaît cette petite, qu'en penses-tu Dagut ?

Le corbeau noir poussa un croassement.

— Mais le garçon me semble un peu « commun », ajouta-t-il en reportant son attention sur Gabriel.

— « Commun » ? Pourquoi ? Parce qu'un inconnu entre dans ma maison et me demande à manger sans même prendre la peine de se présenter ? s'indigna Gabriel en rougissant de colère.

— Il est vrai que nous ne sommes guère réputés pour nos bonnes manières, n'est-ce pas Dagut ? fit le vieil homme en souriant.

Le corbeau croassa à nouveau.

— Ah tu crois ? fit le sorcier comme s'il comprenait ce que disait l'oiseau.

— Bien, bien, tu as raison. Il est temps de faire les présentations, dit-il tandis que Zoé posait sur la table un couteau, du pain et un gros morceau de fromage. Je m'appelle Batavius, je suis le sorcier-lune de Gazmoria et voici Dagut, mon compagnon.

Les yeux de Gabriel s'arrondirent aussitôt comme des soucoupes.

— C'est une blague ? s'écria-t-il d'un ton dubitatif.

Quoi ? Le terrifiant sorcier de Gazmoria, le seul magicien assez puissant pour combattre Malenfer, c'était ce minuscule bonhomme ? Il avait beaucoup de mal à le croire.

Zoé fronça aussitôt les sourcils.

— Gabriel !

Gabriel, comprenant à quel point il s'était montré impoli, dit immédiatement d'un ton embarrassé :

— Je suis désolé. Je... je m'attendais juste à...

Le petit homme avança jusqu'à lui.

— Tu t'attendais à quoi ? À un terrifiant géant muni d'une énorme baguette magique ?

Gabriel sourit.

— Quelque chose comme ça, oui...

Maître Batavius secoua la tête et gratta son gros nez rouge et rond.

— Pff... ces enfants... quel manque d'imagination.

Zoé se tourna vers Gabriel :

— Il a raison. Tu ne devrais pas te fier aux apparences, le réprimanda-t-elle avant de s'asseoir puis de se tourner vers le vieil homme en demandant, le cœur battant : Dites monsieur, si vous êtes ici c'est que vous avez dû rencontrer nos parents ? Où sont-ils ? Pourquoi ne sont-ils pas avec vous ?

Gabriel se mordit les lèvres. Zoé avait raison. Quelque chose clochait. Si le petit homme était vraiment ce qu'il prétendait, son père et sa mère auraient dû rentrer à la maison avec lui, alors pourquoi n'étaient-ils pas là ?

Le sorcier planta son regard perçant dans celui de Zoé puis répondit d'une voix grave :

– Votre père a été grièvement blessé lors d'une attaque de gralifans en arrivant à Gazmoria. Votre mère est restée à son chevet.

Les gralifans étaient de gros animaux gris à cornes vivant principalement entre le désert de Tataria et Gazmoria. Sauvages et féroces, ils avaient la réputation d'être extrêmement dangereux. Si leur père avait effectivement été victime d'une de leurs attaques, il avait beaucoup de chance d'être encore en vie.

– Grièvement ? gémit Zoé, les larmes aux yeux.

– Il ne peut ni marcher, ni se déplacer. Notre médecin-mage nous a certifié qu'il lui faudrait un peu de temps mais qu'il parviendrait à le guérir, répondit le sorcier.

Zoé et Gabriel échangèrent un regard. Au moins maintenant, ils comprenaient pour quelle raison leurs parents n'étaient toujours pas rentrés.

— Bon sang ! Pourquoi ne nous ont-ils pas écrit ? Ça nous aurait évité de nous faire un sang d'encre ! s'exclama Gabriel d'un ton contrarié.

Le sorcier haussa les épaules puis coupa un morceau de fromage.

— Les courriers sont surveillés à Wallangar. De plus, ils comptaient sur le don de Zoé pour vous tenir informés, ajouta-t-il avant d'enfourner un énorme bout de pain dans sa bouche.

Zoé poussa un gros soupir.

— Oui, mais malheureusement, ces derniers temps, mes visions étaient...

Gabriel lui donna soudain un coup de pied discret (mais qui n'échappa pas au regard perçant de Batavius) et Zoé s'arrêta aussitôt de parler.

— Tes visions étaient quoi, Zoé ? insista le sorcier.

— Elles... elles concernaient toutes Malenfer, mentit Zoé en fusillant son frère du regard.

— Oh je vois, dit-il avant de reporter son attention sur Gabriel : Et toi Gabriel ? Tu sembles t'être débrouillé comme un grand, depuis le départ de tes parents.

Gabriel sourit.

— Oui, ça n'a pas été facile tous les jours mais... oui.

Batavius plissa les yeux.

— Il ne s'est rien passé de spécial ? demanda le magicien-lune.

Gabriel baissa légèrement le regard.

— Non. Enfin, bien sûr, Malenfer a beaucoup progressé mais...

— ... Bien sûr mais il ne s'est rien produit d'autre ? Tu es sûr ?

Gabriel déglutit.

— Non pourquoi ?

Batavius se tourna de nouveau vers son oiseau.

— Ce garçon est un idiot, Dagut.

Le corbeau tourna la tête vers Gabriel et poussa un terrible croassement.

— Oui Dagut. Tu as raison : non seulement c'est un idiot mais il nous prend aussi pour des idiots.

Gabriel rougit tandis que le sorcier se levait de sa chaise et avançait vers lui.

— Dis-moi, comment as-tu pu croire une seule seconde que tu pouvais me leurrer ?

— Je... je ne comprends pas, balbutia Gabriel.

— Le dragon, Gabriel. Je te parle du dragon, fit le vieil homme.

— Un dragon ? Quel dragon ? Je ne vois pas ce que vous voulez dire...

— Ah non ? Alors d'où vient cette marque sur ta peau ? demanda le sorcier en lui montrant son poignet.

Gabriel pâlit et balbutia, les yeux rivés sur sa peau.

— Une marque ? Quelle marque ?

Batavius se pencha, souffla sur le poignet de Gabriel et soudain une petite marque noir et or apparut.

— Je l'ai sentie sur toi dès que je t'ai vu, déclara-t-il gravement.

Zoé, pâle comme un linge, se leva de son siège.

— Gabriel ? fit-elle d'une voix blanche.

Gabriel secoua la tête et déglutit.

— Non mais c'est parce que je... je... mais enfin quoi ? Où est le mal ? Il... il m'a seulement parlé...

Batavius se mit à rire puis une lumière dorée envahit ses yeux.

— Non. Il t'a marqué, fils d'Emwyn. Tes pouvoirs vont bientôt se révéler. Espérons seulement que tu sauras t'en montrer digne.

Gabriel écarquilla les yeux.

— Mes pouvoirs ?

Batavius sourit d'un drôle d'air.

— Qu'est-ce que tu t'imaginais ? Qu'un sorcier de ma trempe aurait quitté sa terre et ses dragons pour combattre une simple forêt de terzath ? Oh non, jeune magicien, je suis là pour toi. Pour toi et pour ta sœur.

Zoé haussa les sourcils.

— Pour moi ?

— Oui petite. La présence de Malenfer en ces lieux indique que le temps est venu. Que les humains ont terminé leur tâche et que maintenant débute la mienne, déclara Batavius.

Gabriel se mit aussitôt à crier :

— Je ne suis pas un magicien !

— Non, pas encore, en effet, acquiesça le sorcier en fixant Gabriel avec une telle intensité que celui-ci baissa la tête.

Puis le vieil homme prit la cage et l'oiseau et trottina jusqu'à l'escalier, avant de se tourner vers Zoé.

— J'espère que tu as une chambre confortable à me proposer, petite. Le voyage a été long et je suis fatigué...

Gabriel regarda Zoé et le sorcier de Gazmoria grimper lentement les marches. Puis, sous le choc, il s'assit dans le fauteuil et fixa la marque sur son poignet en priant pour qu'elle disparaisse. Non. Non, il ne voulait pas être un magicien. Il voulait que tout redevienne comme avant et que Batavius s'en aille. Il voulait voir son père et sa mère et se réveiller de ce cauchemar. Il voulait retrouver la vie tranquille d'avant Malenfer, d'avant le dragon. Il en avait assez. Assez d'être courageux, assez d'être raisonnable, assez du monde adulte et de ses contradictions. Alors il se mit à frapper. À frapper la chaise, la table, les murs de toutes ses forces, et alors qu'un vent de fureur incontrôlable le submergeait, un rire grave, puissant et ancien résonna soudain dans sa tête :

— Elzmarh...

Je remercie vivement les professeurs des écoles Virginie Dessaint et Christelle Rouseré ; l'académie de Lille d'avoir rendu cette expérience possible ; ainsi que mon amie Astrid De la Motte, inspectrice à l'Éducation nationale pour ses précieux conseils.

Merci surtout aux enfants des classes de CM1 et CM2 d'Hallenne-Lez-Haubourdin.

Lorsque je vous ai rencontrés la première fois, les enfants, je vous ai raconté la manière dont nous, auteurs, construisions nos histoires mais je ne me doutais pas encore que vous alliez m'entraîner dans cette merveilleuse et folle aventure.
Alors merci à tous ! J'espère que ce livre sera à la hauteur de vos attentes et qu'il reflètera en tous points vos idées et vos rêves...

Classe de CM1, année 2013-2014
Virginie DESSAINT

BECQUET Joris
BOURGUOIS Mattéo
BRUNNEVAL Maxime
BRUSSET Renan
CAILLEAUX Louane
CARRUE Chimène
DARQUES Antoine
DELECLUSE Killian
DESPREZ Nathan
DETREZ Cléo
DHAUSSY Lise
DUBOIS Chloé
GUILLUY Romane
LECCESE Fabio
LETUFFE Flavie
LION Daphné
M'BEMBO Mathis
MASSCHELIER Constant
MOLLET Chloé
OCHME Christophe
PANNIER Gabrielle
ROUSSEL Hippolyte
SIX Corentin
TURPAIN Mathilda
VANLERBERGHE Luo

Classe de CM2, année 2013-2014
Christelle ROUSERÉ

ALBAUT Océane
BAA Soukaïna
BARBRY Alexandre
BOUCHER Chris
BRISSE Hugo
CACHOT Élise
D'HOLLANDER Axelle
DAIX Énora
DEFEVER Zoé
DEPRAETER Margaux
DUMEZ Perrine
FRANÇOIS Inès
GARIN Théo
GRANDI Medhi
JOUY Dragan
LEPEZ Élise
LIEVIN Loanne
MAJCHRZAK Enzo
OBIN Esteban
PADE Léna
PARENT Nathan
PITOLIN Auréline
SAISON Carla
STRICANNE Lucas
VAN-EECHKOUT Laïs
VERHAEGHE Marie

Table des matières

Chapitre 1. La forêt de Malenfer 7
Chapitre 2. La disparition 15
Chapitre 3. Mme Cranechauve 25
Chapitre 4. Le lac Maudit 35
Chapitre 5. Soupçons 43
Chapitre 6. La prémonition 53
Chapitre 7. La disparition de M. Popescu 61
Chapitre 8. Un monstre dans l'école 71
Chapitre 9. La noyade 81
Chapitre 10. L'infirmerie 87
Chapitre 11. La réunion secrète 93
Chapitre 12. Le livre interdit 103
Chapitre 13. Une sombre vision 117
Chapitre 14. À la recherche du monstre 127
Chapitre 15. La traversée du lac sombre 139
Chapitre 16. La grotte 145
Chapitre 17. La bestiole 155
Chapitre 18. La bataille 165
Chapitre 19. Elzmarh 175
Chapitre 20. Une franche explication 185
Chapitre 21. Un secret bien gardé 195
Chapitre 22. Le magicien 203
Remerciements 219
L'illustrateur 223
L'auteur 224

L'illustrateur

Jérémie est un jeune illustrateur talentueux qui a travaillé pour des studios de jeux vidéo, avant de se lancer dans la littérature jeunesse.

L'auteur

Cassandra O'Donnell-Gendre est une réalisatrice française de documentaires et de reportages. Passionnée de littérature fantastique, elle écrit le premier tome de la série best-seller « Rebecca Kean », publiée chez J'ai lu en 2011. En 2013 elle obtient le prix de l'Imaginaire des Lecteurs de Plume Libre pour le premier tome *Traquée* ainsi que le prix Merlin en 2013 pour le troisième volet *Potion Macabre*.

Dépôt légal : octobre 2014
N° d'édition : L.01EJEN001208.A010
Loi n° 49-956 du 16 juillet 1949
sur les publications destinées à la jeunesse
Achevé d'imprimer en juin 2020 en Espagne par Liberdúplex